官商鬥法
之
11
生死關頭
姜遠方 著

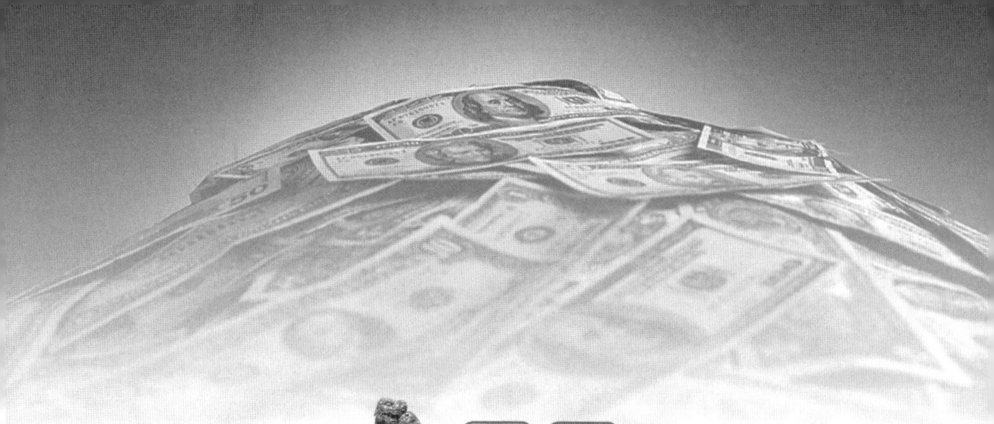

目錄 CONTENTS

第一章

生死關頭

傅華偷眼去看趙婷，見趙婷神色如常，這才鬆了一口氣，
眼前這個樣子，說明他應該沒有喊出曉菲的名字。
傅華心中有些歉疚，在那生死的關頭，趙婷竟然不是他唯一的牽掛，
這說明他對趙婷還是不夠忠誠。

劉康拿到光碟，檢查無誤之後，馬上就將它銷毀，二十萬直接分給兩名大漢，讓兩人拿著錢立即離開北京，短時間內不要再在北京出現了。

打發走兩名大漢，劉康也訂了機票，當晚便飛回海川。

回到海川之後，劉康立即約了徐正，把情況跟徐正說，讓徐正不用再擔心視頻的事，並且告訴徐正，有可能順便還幫徐正將傅華除掉了。

徐正聽了，恐懼的看著劉康，問道：「傅華也一起被做掉了？」

劉康陰冷地說：「誰叫這個小子瞎攪和的，他正好湊在局中，也算恰逢其會了。」

徐正看了看劉康，說：「我們這可是越鬧越大了。」

劉康說：「現在這個狀況不是他死，就是我們死，你要我怎麼選擇？」

徐正說：「也是，這傢伙也是自找的，死了也活該。」

劉康說：「好了，這個心頭大患算是除掉了，我們也可以過些安生的日子了。」

有人在輕柔的撫摸自己的臉頰，傅華睜開了眼睛，母親慈祥的看著他說：「兒子，你受苦了，既然來到母親這裏，就好好休息休息吧。」

傅華感覺四肢百骸之間懶洋洋的，沒有一絲氣力，他疲憊的看著母親，說：「媽，你去哪裡了，我好想你啊。」

母親笑了笑說：「傻孩子，我不就在這裏嗎？」

這時，身旁有兩個女人齊聲說：「對啊，我們不都在這裏嗎？」

傅華一看，這兩個女人分別是吳雯和孫瑩，就有些驚訝地看了看孫瑩，說：「孫瑩，你怎麼會在這裏？你不是跟你男朋友臥軌自殺了嗎？」

孫瑩笑了笑，說：「傅華，你還記得我啊？」

傅華說：「當然記得，誒，吳雯，這一次真是抱歉，我沒能保住你錄下的視頻，看來又要讓劉康和徐正逃脫懲罰了。」

吳雯笑笑說：「傅華，你已經盡力了，放心吧，這世界上自有公道的，不是不報，而是時機未到，時機到了，徐正和劉康都會受到懲罰的。」

傅華這時突然意識到，眼前這三個女人都是已經離開人世的人，便驚訝的叫了起來：「我記得你們都死了，為什麼我會在這裏，難道我也死了？」

母親笑說：「對啊，這裏很好啊，沒有紛爭，沒有爾虞我詐，我們在這裏生活得很好。」

傅華急了，說：「那小婷呢，我豈不是再也見不到她了嗎？」

傅華心中湧現出無限的眷戀，他此刻才意識到生命是多麼美好，他有多捨不得離開趙婷，還有那個鬼機靈的曉菲……

吳雯勸說：「傅華，你不要留戀了，難道你被世上的人欺負的還不夠嗎？那些痛苦，那些悲傷，那些挫折，你還沒受夠嗎？你看這裏多好，我們生活的很平靜，這裏一切都是平等的，我們再也不用受那些欺凌，要多幸福就有多幸福。」

傅華搖了搖頭，說：「不，我不想要這種幸福，吳雯，你不懂的，生命中是有愛的，那些痛苦，那些悲傷，那些挫折，都是生命的一部分，生命中因為有他們的存在，才會顯得豐富多彩。」

孫瑩說：「傅華，你別傻了，難道你忘記了我被愛傷害的有多深嗎？如果不是那個負心人，我又怎麼會來到這裏呢？」

傅華說：「孫瑩，那不是真愛，你知道嗎？你自殺的時候，我曾經很恨你，為什麼你在那之前不來見我一面？也許我會勸你打消那個念頭的。你這一去，身邊有多少人會為你傷心啊？」

孫瑩苦笑了一下，說：「可我是愛他的。」

傅華反駁說：「愛他為什麼不成全他？」

孫瑩無語了。

吳雯說：「傅華，看來這世界上還有很多你不捨得的東西啊。」

傅華點了點頭，說：「很多，我不能留在這裏，我留在這裏，小婷會傷心死的。」

「不行，你必須留在這裏，」吳雯的臉忽然變得猙獰起來，叫道：「我也很喜歡你，我要你留下來陪我。」

傅華說：「不可能，我一定要回去。」說著，傅華掙扎著要起來，吳雯就上來緊緊抱住了他，叫道：「絕對不可以，我一定要你留下來。」

傅華拼命地想要掙脫，卻發現渾身一點力氣都沒有，而吳雯的力氣越來越大，使勁的拖著他往無盡的深淵墜落下去。

他感到此生再也無法見到趙婷和曉菲了，忍不住高聲叫道：「小婷，曉菲，快來救我！」

「傅華，我在這裏啊，你快醒醒啊！」耳邊忽然傳來趙婷帶著哭音的叫喊，傅華感覺趙婷就在身邊不遠處，身上頓時有了力氣，用力地一掙，掙脫了吳雯的懷抱，大聲喊道：「小婷，我在這裏。」

傅華睜開了眼睛，便看到四周一片雪白，趙婷趴在他身上哭喊著：「傅華，你快醒過來啊，我快受不了了。」

傅華心說小婷這傢伙真是可笑，我這不是好好的嗎？便想伸手去拍趙婷的後背，好好安慰她，伸了一下手，卻覺得胳膊有千斤重，抬都抬不起來，他忍不住叫了起來：

「小婷，我這是怎麼了？」

傅華覺得自己喊的聲音很大，聽到耳朵裏卻輕飄飄的，十分的微弱。

聲音雖然十分微弱，聽在趙婷耳朵裏卻如雷聲一樣響亮，她抬起頭，驚叫了起來：「傅華，你醒了？」

傅華點了點頭，說：「小婷，我這是怎麼了？」

趙婷顧不得回答傅華的話，站起來就衝向了病房的門口，打開病房門，衝著走廊叫道：「醫生，快來啊，傅華醒了。」

一幫醫生護士就衝了進來。

趙婷叫道：「請快幫他檢查一下。」

便有醫生過來給傅華檢查身體，傅華滿心疑問，說：「醫生，我這是怎麼了？」

醫生說：「你先不要講話，你剛醒過來，身體還很虛弱。」

醫生幫傅華做了全身檢查，檢查完畢，這才對趙婷說：「病人已經度過了危險期，沒有生命危險了。」

趙婷鬆了一口氣，頓時渾身沒了氣力，坐到了地上。

傅華急了，叫道：「小婷，你怎麼了？」便想掙扎著起來。

醫生趕忙制止了傅華的舉動，說：「別亂動！你別急，你的太太在這裏陪了你五天五夜了，身體已經十分疲憊，聽到你沒事的消息，原本支撐她的精神鬆懈了下來，才會這個樣子。」

這時，護士將趙婷攙扶了起來，坐到傅華床邊，傅華艱難的伸手過去，握住了趙婷的手，說：「小婷，這幾天你受苦了。」

趙婷哇的一聲哭了出來，說：「你嚇死我了，你已經昏迷了五天五夜，醫生說你再不醒，就可能永遠醒不過來了。」

醫生說：「太太，病人剛醒，情緒還不能太激動，請你克制一下。」

趙婷止住了哭聲，說：「好的，我不哭。」

醫生勸說：「太太，你也很累了，是不是找人替換一下，回去休息休息？」

趙婷堅決的搖了搖頭，說：「不行，我一定要守著我老公。」

醫生說：「好好，你就在這房間裏休息吧。」

趙婷撥了電話通知趙凱，過了一會兒，趙凱夫婦和趙淼都趕了過來。

趙凱走到了床邊，看著傅華，說：「醒了就好，這幾天我們擔心死了。」

傅華說：「爸，我這究竟是怎麼了？」

趙凱說：「別說話，先好好休息，一切等養好傷再說。」

氣力慢慢恢復，一些記憶也慢慢回來了，陸續有人來看傅華，駐京辦的林東、羅雨都來了，林東說讓傅華安心養傷，駐京辦他和羅雨會管理好的。

又有交警來詢問情況，傅華講了他記憶中發生的情形，是一輛土頭車將他的車撞下了公路，可是除了土頭車這一明顯的特徵，他再也提不出什麼有用的線索。

他提出自己的懷疑，認為是被人故意撞車，好殺人滅口，並明指懷疑的對象是康盛集團的劉康，因為當時車上的另一個人說要賣給自己一個可以作為證據的光碟，然而出事之後，錢和光碟都不見了。傅華現在手中沒有絲毫證據，因此不敢把矛頭直接對準徐正。

交警做了記錄，說會調查這一條線索。

在跟交警的交談中，傅華得知小田沒有他這麼幸運，已經在事故中喪生了。

交警說：「你比較幸運的是，你繫著安全帶，是安全帶保護了你。」

傅華心中一陣悲哀，小田死了，視頻光碟又被拿走了，這一條線索到此算是斷了。

看傅華健康恢復得差不多了，趙凱趁趙婷不在的時候，單獨跟傅華進行了一次談話。

趙凱說：「這一次究竟是怎麼回事啊？」

傅華就講明了當時的情形，趙凱聽完，很不高興的說：「又是劉康，你怎麼還在調查這件事情啊？不是告訴你，劉康這個人很危險，不讓你惹他嗎？」

傅華說：「不管怎麼說，吳雯對我有恩，我有這樣一個機會能幫她抓到凶手，又怎麼能置之不理呢？因此雖然很危險，我也得挺身而出。」

趙凱聽了，火大說：「你有腦子沒有？既然明知道很危險，為什麼事先不跟我商量一下？你眼中還有我這個爸爸嗎？」

傅華低下了頭，說：「我當時沒想那麼多。」

趙凱罵說：「你沒想到，你不是小孩子了，你把自己置身於險地，要是真出了什麼事，你讓小婷怎麼辦？你知道你昏迷的這些日子，我們大家是怎麼熬過來的嗎？尤其是小婷，她每天都害怕你不再醒過來，成天以淚洗面，她從小養尊處優，什麼時候受過這個？」

傅華垂著頭低聲說：「對不起，爸爸，是我冒失了。」

趙凱嘆了口氣，說：「我這麼說你，可能語氣重了一點，我是想讓你明白你在我們家中的分量，小婷不用說了，你對她來說就是一切，而我和你媽媽一直也當你是親生兒子，我們都不想失去你，所以拜託，下次再有這樣的事情，請你多用用腦子，不要一個人盲幹。」

傅華說：「不會再有下一次了，這次那個小田已經死了，光碟也被拿走了，一切線索都斷了，我就是想再查也查不下去了。」

趙凱看了傅華一眼，說：「這些事情就由公安去調查吧，你不要再操心了。」

傅華無奈地說：「讓劉康和徐正這樣的壞蛋逍遙法外，我總覺得不甘心。」

趙凱勸道：「這世界上沒有什麼絕對公平，不過，你也別喪氣，劉康現在接二連三的殺人奪命，說明他的陣腳已經亂了，就算吳雯這件事情他得不到報應，別的地方他也會得到報應的。」

傅華說：「那要等到什麼時候啊？」

趙凱正色說：「你管等到什麼時候幹嘛？我可告訴你啊，這件事情不准你再插手了，否則我第一個不答應。」

這時，趙婷回來了，見趙凱訓斥傅華，便不高興的說：「爸爸，你對傅華這麼兇幹什麼？他還是個病人呢。」

趙凱說：「我不兇他一下，他都不知道自己姓什麼了，還想逞英雄抓凶手。」

趙婷眼睛瞪了起來，說：「爸，你就不能等他好一點再說嗎？」

趙凱心疼地說：「你就護著他吧，你都忘了那幾天自己什麼樣子了。」

傅華伸手去抓住了趙婷的手，說：「小婷，爸爸說我說的沒錯，是我不該孤身冒險，讓你們為我擔心了。」

趙婷眼圈立即紅了，說：「好啦，你下次注意就好了。」

這時，聽到有人敲門，傅華喊了一聲進來，金達帶著一束花走了進來，看到傅華，說：「你總算沒事啦，你不知道我從駐京辦得知你出了事有多擔心，可是我在黨校行動又不得自由，不能天天來看你。」

趙婷趕忙說：「金副市長在你昏迷的時候來看過你，這些日子還天天打電話來問你情況。」

傅華感激說：「謝謝金副市長了。」

金達笑了笑，說：「客氣什麼，你沒事就好。誒，你們有事要談嗎？」

趙凱說：「沒事，您請坐，我正好要回去了。」

趙凱就離開了，趙婷接下了金達的花，出去將它插到了瓶子裏。

金達坐到床邊，拍了拍傅華的肩膀，說：「你這傢伙，趕緊把傷給養好了，我還想跟你探討我的海洋經濟規劃呢。」

傅華聽了，笑說：「您的報告寫完了？」

金達說：「框架已經出來了，就等你跟我一起細分一下，就可以完成了。」

傅華說：「那好啊，反正我這幾天在病房裏也沒事，拿來我們一起研究一下好啦。」

金達笑笑說：「不急在這一兩天，你現在在病中，還是養病要緊，要不然弟妹會罵我不識趣的。」

傅華笑了，說：「沒事的。」

金達說：「還是等等再說吧，誒，你這一次究竟是怎麼回事啊？前些日子我把情況跟張琳書記說了，張琳書記也很關心你的情況。」

傅華說：「牽涉到一些亂七八糟的事情，一兩句話說不清楚。」

金達看了傅華一眼，說：「算了，既然不方便說，那就不說吧。」

金達又跟傅華聊了一會兒，這才告辭離開。

海川市。

徐正從駐京辦得知傅華醒了過來，心中不由得暗罵傅華命大，怎麼就沒摔死他呢？

徐正再次開始心神不定起來，他不知道傅華對整件事情究竟知道多少，便把劉康找了過來。

徐正說：「劉董，你知道傅華沒死的消息了吧？」

劉康點了點頭，說：「我知道了，我一直在關心著這件事情，傅華撿回了一條小命。」

徐正說：「你還這麼輕鬆啊？也不知道傅華究竟掌握了多少我們的事情，他活過來，對我們的威脅很大。」

劉康分析說：「可以肯定的是，傅華現在已經知道了我們之間發生的一切，只是他手中沒有任何證據來證實，所以到現在，在給公安的筆錄中，他始終沒提到過你。」

徐正忿忿地說：「沒提到我，那是他聰明，我是一市之長，他要是敢憑空說我殺人，我可是要告他毀謗的。不過，他總是一個知情人，讓他活在世上，對你對我總是一個威脅。」

劉康問：「那你想怎麼辦？」

徐正說：「既然有一就有二了，你就不能再想個辦法做了他？」

劉康頓時有一股森冷的感覺，這個徐正在吳雯死的時候，對殺人還恐懼的要命，現在傅華遭到伏擊沒死，他卻非要置傅華於死地，這個人真是變了，變得冷血無情。這傢伙已經殺順了手，會不會以後只要是妨礙他的人，都必須除之而後快呢？

劉康看了看徐正，說：「徐市長，看來你比我狠多了。」

徐正被說得有些不好意思，臉紅了一下，說：「我是覺得傅華活著對我們來說總是一個心腹大患。」

劉康說：「殺人可不是件輕而易舉的事，就算是我，除非必要，也決不輕易下殺手，你當我是什麼，殺人魔王嗎？」

徐正說：「沒有啦，好啦，既然你覺得不可以，當我沒說。」

劉康說：「我是覺得沒必要，傅華手中並沒有什麼不利我們的東西；再說，一擊不中，對方必有防備，我們再去惹他，說不定反而會讓我們敗露。」

徐正不滿地說：「好啦，不要再說了，不行就不做嘛。」

兩人之間的氣氛就有些尷尬，為了緩和氣氛，劉康轉移了話題，問說：「徐市長，我聽劉秘書說，你準備帶隊去歐洲考察？」

徐正點了點頭，說：「我們市裏準備去歐洲考察城市建設和社區管理，跟人家先進國家學學經驗，怎麼了？」

劉康說：「沒什麼，正好我也想出國旅遊一下，散散心，就跟你們一起去歐洲，沒問題吧？」

徐正心知劉康不是想旅遊散心，而是想陪自己去好好玩玩就是了，便說：「當然沒問題了，歐洲大家都可以去嘛。」

北京。病房裏，趙婷把一部新手機遞給傅華，傅華原來的手機在車禍中已經摔壞了，趙婷剛買了一部新手機給他。

傅華接了過來，把原來的晶片卡插了進去，說：「這麼多天，估計找我的電話一大串了。」

趙婷笑說：「誒，你以為你是什麼重要人物，人家沒有你都不行啊？」

傅華把手機開了，馬上就接二連三的響起了嗶嗶的訊息聲。

傅華翻看著，前面都是駐京辦業務上的一些朋友，便按照上面的號碼回撥給對方，說明自己出了車禍，沒能接到對方的電話，表示歉意。

趙婷見傅華又開始辦公，就不感興趣的低頭翻看著床邊的雜誌。

傅華翻到第五個訊息時，心裏一下子緊張了起來，訊息上顯示的是曉菲的號碼，語音信箱通知說曉菲在某時某刻撥打過電話。傅華有些心虛的看了一眼趙婷，趙婷並沒有察覺，仍然在翻看著雜誌。

傅華趕緊看下個訊息，卻發現接連六個訊息都是說曉菲在什麼時刻打過電話，看看時間，應該正是自己昏迷的那幾天。傅華心中暗自慶幸，幸好手機摔壞了，不然的話，這些電話如果被趙婷接到了，不知道她又會怎麼樣吃醋呢。

傅華趕忙將這幾個訊息刪除了，也不知道自己在昏迷過程中，有沒有喊過曉菲的名字？

傅華偷眼去看趙婷，見趙婷神色如常，這才鬆了一口氣，他知道趙婷是心裏藏不住事情的人，眼前這個樣子，說明他應該沒有喊出曉菲的名字。

傅華心中有些歉疚，在那生死的關頭，趙婷竟然不是他唯一的牽掛，這說明他對趙婷還是不夠忠誠。

繼續翻看下去，傅華看到了張琳的號碼，原來張琳也打過電話，肯定是問候他的傷勢，便撥打了過去。

張琳接通了，說：「傅華，我很高興能夠接到這個電話，大難不死，必有後福啊。」

傅華笑說：「張書記還信這一套？」

張書記說：「我這是替你度過這場危機感到高興，你知道嗎，你昏迷那幾天，我也替你捏了一把冷汗，生怕失去你這位好幹部。好啦，情況金達同志都跟我說了，你在醫院安心休養吧，把身體養好。」

傅華說：「謝謝您，張書記。」

張琳說：「客氣什麼。」

傅華說：「有件事情我想跟您彙報一下，是有關我這一次出事的情況。」

張琳說：「是啊，我正想問你呢，這件事情是怎麼發生的，你為什麼會突然跑到九龍山那麼偏僻的地方？金達同志跟我講，當時幸好路過的一個村民很熱心，看到你的車翻到了谷底，打電話報了警，不然的話，你的生命就很危險了。」

傅華就把小田跟自己見面的情況說了，說小田是想賣給自己一份能夠證明劉康和徐正相互勾結、不法承攬新機場項目從中牟利的視頻光碟，沒想到被人盯上，這才出了車禍。劉康和徐正顯然是想殺人滅口。

張琳愣了一下，說：「你是說，這裏面牽涉到了徐正同志？這可非同小可，你絕不能信口雌黃。」

傅華嘆了口氣，說：「我知道這件事情事關重大，但是事實就是如此，張書記，您認識我的時間也不短了，您看我像信口雌黃的人嗎？」

張琳說：「我知道你不是這樣的人，可是你現在拿不出什麼證據來，特別是你所說的視頻已經丟失，這件事情可是牽涉到了徐正同志，他是海川市的市長，不能憑你這麼幾句話就對他怎麼樣的。」

傅華說：「我知道，我跟您彙報這件事情，只是想提醒您，新機場是我們海川市一項重大工程，千萬要注意整個的工程品質啊，不要毀在徐正和劉康手裏，不然的話，市裏面將很難向海川市民交代。」

張琳慎重地說：「我知道了，傅華同志，你這個提醒很必要，我會想辦法加強對新機場項目工程品質的監督的。你好好養傷吧。」

張琳掛了電話，趙婷在一旁不滿地說：「老公啊，你能不能不去管這麼多閒事啊？你這次受的教訓還少嗎？」

傅華解釋說：「你不知道，新機場項目是我們市裏面費了好大勁爭取來的，我可不想就這麼被毀了。」

趙婷說：「這些事情是市裏或者省裏的領導才應該關心的，你一個小小的駐京辦主任操這麼多心幹嘛？出了事，自然有上面的人頂著，關你什麼事啊！」

傅華說：「我只是提醒一下張書記嘛，又不是自己去管。」

趙婷不滿地說：「你就是想管也管不了啊，芝麻綠豆一點的官卻想要強出頭，你這樣子搞下去，毀掉的是你自己。你這次是僥倖撿回一條命，你怎麼還不醒醒腦子啊？真拿你沒辦法。」

傅華說：「好啦，小婷，你又不是不知道我的性格，我覺得應該做的事情，就一定會去做的。」

趙婷埋怨說：「你現在不是一個人，你想到過我會擔心嗎？」

傅華心中有些感動，抱了一下趙婷，說：「小婷，我今後做事會慎重考慮的，不再讓你擔心了，好嗎？」

趙婷說：「你知道我為你擔心就好。你知道嗎，你昏迷的那幾天，我真的感覺天都要塌了，真不知道你如果離開了，我的日子要怎麼過。」

傅華越發感動，抱緊了趙婷，說：「我以後會注意的。」

張琳放下電話以後，坐在辦公室裏思索了起來。

傅華說的這件事情讓他十分的焦慮，他早就猜到了徐正和劉康之間存在著某種不可見人的交易，可是一直無法找到什麼證據，因此也就無法查辦這兩個人。現在劉康和徐正為了這件事情竟然不惜殺人害命，說明兩人往罪惡的深淵越陷越深啦，自己不能再坐視不理了，特別是這可能危及到新機場項目的品質安全。

可是要怎麼去管呢？現今是法治社會，做什麼都需要證據，偏偏目前最缺乏的就是證據，沒有證據，就算是他這個市委書記，也無法追究這劉康和徐正的違法責任。

但是也不能這樣什麼都不做，養癰成患，如果等癰瘡大到無法救治的地步，那最終受害的還是海川市。

張琳想要做點什麼，但是行政方面的資源全部掌控在徐正為首的市政府手中，就算利用市委書記的權威，逼迫徐正動用行政資源對新機場項目進行必要的品質監督，由於徐正和劉康穿一條腿的褲子，怕到時候也只是走走形式而已，並不能真正的起到作用。

想來想去，張琳決定動用海川市人大的力量，他這個市委書記還兼著海川市的人大主任，而人大也是有監督職責的，特別是這幾年，社會大眾對屢屢出現豆腐渣工程極為憤慨，人大顧及人民的意願，對工程品質進行執法監督已經成為一種常態。

張琳就把海川市人大常委會的副主任王璞找了過來，說：「老王啊，新機場項目是我們市裏面一項重點工程，中央和省裏都十分的重視，因此必須保證工程的品質；對此，我們人大也是有一定的監督責任的。」

王璞點點頭說：「百年大計，品質為先，建築工程品質關係著社會大眾的生命財產安全和幸福安康，我們人大是要盡到監督的職責。」

張琳說：「看來我們的看法是一致的，最近，我聽到一些群眾的反映，說新機場項目可能存在某些品質問題，雖然這可能是不實之詞，但是為了消除大眾的疑慮，我認為有必要對新機場項目進行一次突擊的檢查，你看看我們人大是不是研究一下，開展貫徹實施《建築工程品質管制條例》情況的執法檢查。」

王璞點了點頭，說：「張書記，您的建議很對，我覺得十分有必要進行一次這樣的執法檢查，我們不僅要針對新機場項目，還要針對目前所有正在建設的重點工程進行一次普查。」

張琳說：「老王，你這個想法很好，我們人大就是要把好重點工程的品質關，這其中，新機場項目更是重中之重。」

於是人大常委會就馬上開會進行了研究，確定由王璞組成人大執法檢查小組，號召人大常委會的成員和懂建築的人大代表，展開一次對全市工程項目的執法大檢查。

檢查組的第一站，就直奔海川市新機場項目的建設工地。

徐正一開始對這次執法大檢查並沒有在意，他認為這不過是人大這些人沒事找事，走走過場而已，因此就跟劉康打了個招呼，讓他好好招待一下，應付應付就過去了。

哪知道這一次的檢查卻十分的認真，王璞帶著檢查組的成員認真的進行現場查驗，隨機抽取參建人員進行詢問，很快，一些存在的工程品質問題就暴露了出來。

劉康趕忙打電話給徐正，徐正聽了就有點惱火，說：「劉康，你不是跟我保證過你們的工程品質沒有問題嗎？」

劉康說：「我這邊當然沒問題了，可是架不住人家雞蛋裏挑骨頭，這麼大的工程，難免有些細節存在這樣或者那樣的問題，不挑刺，什麼事情都沒有，真要挑刺，什麼問題都出來了。」

徐正說：「那你想讓我怎麼做？」

劉康說：「你過來一下，我覺得陪同的李濤這個工程副總指揮頂不起來。」

徐正說：「我過去幹什麼？說這些品質問題可以忽視嗎？那不是在跟別人說我包庇你們的行為嗎？不行。」

劉康說：「那怎麼辦？」

徐正說：「你把姿態放低一些，多作檢討，再把給一些主要人員的禮物準備得豐盛些，我相信這次應付過去沒問題的，除非你那裏有重大的品質問題。」

劉康說：「當然沒有了，好吧，我就按照你說的去做。」

徐正說：「一會兒我再打個電話給王璞，問問他究竟想幹什麼。」

「好的。」劉康說。

徐正就撥通了王璞的電話，王璞接通了，徐正說：「老王啊，我聽說你們在檢查新機場項目的品質？」

王璞笑笑說：「是啊，人大組織了一次工程品質執法大檢查，新機場項目是我們市的重點工程之一，因此在檢查的範圍之內。」

徐正說：「好，好，應該的，新機場項目工程是由我主抓的，我向來是很重視工程品質的，對施工的康盛集團多次重申，一定要抓好品質問題，你們這一次的檢查很好，可以驗證一下他們有沒有按照我的要求去做。記住，要認真檢查，一定不能走形式，如果發現問題，就要他們趕緊糾正，知道嗎？」

王璞說：「知道了，徐市長。」

徐正說：「行了，我就是瞭解一下情況。」

第二章

感情臨界點

曉菲開始瘋狂的親吻傅華的脖子、嘴唇，
傅華開始還想矜持，可很快就被曉菲帶動了起來，
他對曉菲心動很久了，只是一再克制，此刻已經到了一個爆發的臨界點，
心底的火山被曉菲的情意帶動，徹底爆發了出來。

徐正放下了電話，電話那邊的王璞開始尋思，徐正打這個電話究竟是什麼意思啊？雖然徐正和張琳並沒有公開的鬧翻，可是最近關於張琳和徐正不合的小道消息到處都是，人們說張琳刻意私下查辦鴻途集團詐騙一事，就是想要整倒徐正，徐正也因為這件事被整得灰頭土臉，不得不向省裏作了檢討，還受了很重的處分，因此對張琳自然是記恨在心。

王璞又想到這一次人大進行執法大檢查是張琳提議的，還特別提出來要重點檢查新機場項目，而新機場項目又是由徐正負責，他是機場建設指揮部的總指揮，這就有點項莊舞劍、意在沛公的意味，他是想利用這次檢查好打擊徐正。

想到這些，王璞就有些緊張了，看來這次他是被張琳利用，成為攻擊徐正的工具了，那剛才徐正打電話來陰陽怪氣的說什麼要認真檢查，八成也有其他的意味在其中了。

王璞很瞭解目前海川政壇的形勢，張琳並不是一個強勢的市委書記，相反，徐正倒是一個強勢的市長，為了張琳得罪徐正，就有些不值得了，

想來想去，王璞就覺得應該適可而止，反正已經查出了一些問題，說明自己並沒有敷衍了事，對張琳也交代的過去了，反過來，這些問題只是皮毛，康盛集團只需要做一些小的糾正就好，徐正方面想來也不會因為這些小毛病跟自己過不去的。

檢查到此就不再深入下去了，王璞在其後的座談會上，嚴詞批評了康盛集團被查出來的品質問題，強調了品質是工程之本，康盛集團這樣子是不負責任的表現云云。

雖然王璞說話的語氣很重，可是劉康反而在心裏鬆了一口氣，檢查小組提出來的不過是枝節上的小問題，對他來說損害並不大。

劉康立即作了表態，首先感謝人大檢查組負責任的態度，讓他們發現了忽略的一些工程上存在的隱患，避免了更大問題的發生；又說他們康盛集團一定會認真反省為什麼會出現這些問題，避免今後再發生類似的問題，確保把海川市新機場建設成國內機場的標桿工程。

劉康的態度極為誠懇，王璞立即予以認可，並說人大的監督就是希望康盛集團能給海川建設出一座令人引以為傲的標誌性建築出來。

檢查方和被檢查方和諧的達成了一致，其後，劉康宴請檢查組的宴會就更其樂融融了，兩方人馬稱兄道弟，把酒言歡，似乎這一次的檢查變成了一場很好的交際機會。

北京。

金達再一次出現在傅華病房裏的時候，已經完成了他的海洋戰略報告的初稿，他拿給傅華看。傅華認真的閱讀了一遍，心中不禁暗自稱讚金達，不愧是省政策班子的成員，他的戰略思維和理論水準確實高人一等。

傅華連聲稱讚，說這份報告已經很成熟，他都提不出什麼瑕疵了。

金達聽了，笑說：「傅華，我想你不是一個阿諛奉承的人吧，我拿給你看，是想讓你提出點意見來，而不是聽你唱讚歌的。」

傅華笑了笑，說：「說實話，你的報告真的已經很完善了，就我的水準來說，這是一份完美的報告，如果真要說有什麼問題……」

接著，傅華把自己對海洋經濟的一些認識和想法心得說給金達聽，金達聽得很認真，不時把他認為對的一些觀點記錄下來，遇到有不同觀點就提出來，跟傅華爭辯一番，直到兩人達成一致。

兩人就這樣在病房裏，你說一句，我說一句，相互辯論，相互探討，有時觀點一致，就會相視會心一笑；而觀點不一致的時候，就爭得面紅耳赤，看得一旁的趙婷都覺得好笑。

不覺到了中午，趙婷打斷了兩人的談話，說：「金市長，中午了，如果您不嫌棄，我就多買一份午飯給您？」

趙婷只是基於禮貌，她覺得以副市長之尊，肯定不會在病房裏跟傅華一起吃飯的，這麼問只是提醒金達時間已經是中午了，應該要吃飯了。

沒想到金達談興正濃，連連點頭說：「好哇，我和傅華還有好多問題要談，那就麻煩弟妹了。」

趙婷心說這個副市長倒好，一點架子都沒有，就笑著出去給兩人買飯了。

傅華和金達繼續談論著，趙婷買飯回來後，兩人也沒停下來，仍然邊吃邊談，這場討論一直持續到了傍晚，金達到時間不得不回去黨校才停止。

走的時候，金達仍意猶未盡，還跟傅華說：「我如果再想到什麼，就跟你電話聯絡；你想到了什麼，也一定要打電話給我啊。」

趙婷在一旁笑說：「看你們這個黏糊勁啊，幸好金市長您是一個男人，不然的話，我都要吃醋了。」

金達哈哈笑了起來，說：「從出了學校之後，我還從來沒跟人爭辯過這麼長時間，真是痛快，只是妨礙弟妹跟傅華卿卿我我了。」

傅華也笑了起來，說：「我也覺得難得的暢快，看來這場談話還真是有助身心啊。」

金達笑說：「好啦，我必須走了，再不回去要受批評了。」

晚上金達回去後，又打了電話過來，就想到的一些問題跟傅華繼續探討了一番，至此，他覺得他的報告基本成熟，可以拿出去給相關領導看了。

郭奎接到了金達寄來的關於「海川海洋經濟發展戰略的思索」這份報告，心裏很高興，自己總算沒看錯這個秀才，他並沒有因為被派去黨校就放棄對發展海川經濟的思考，且不說這份報告的內容如何，光是這份堅持的精神，就很讓自己欣慰。一個好的幹部就要有這種堅持精神，不論身處什麼樣的境況，都不忘記應有的職責。

郭奎其實一直在關注著金達，他想要看看金達的表現。金達在去黨校之前，並沒有找他談去中央黨校這件事情，就他對金達性格的瞭解，他知道金達是生自己的氣了，可能金達覺得在跟徐正之間的爭鬥中，他支持了徐正，因此對他有了意見。

郭奎很擔心金達會不會因此而自暴自棄，一度想要打電話給金達，詢問一下金達在黨校的學習和生活狀況，側面上對金達表示一種支持。但他想了想之後，還是放棄了，他想看看金達自己怎麼去面對目前這種狀況，他要看看金達有沒有能力應對這種困境。

幸好金達並沒有消沉，他身上還有那種知識分子的反省能力，眼前這份報告就充分說明了這一點，金達雖然在學習中，卻並沒有忘記他還是海川市的副市長，居然利用這段學習提升自己的期間，思考了海川整體經濟的發展戰略。

細看報告，郭奎不禁拍案叫好，這傢伙不愧是秀才，這份海洋經濟戰略思路清晰新穎，很有創意，又很有重點的提出了如何實施的方案，有戰略有落實，是一份很優秀的報告。

金達在報告中提出，海川市地處東海省海域的前沿地帶，可以重點發展海洋漁業、濱海旅遊業、海洋機械製造業。其中，海洋漁業鎖定精養、遠捕、深加工三大重點，加快培植海產品加工龍頭企業；濱海旅遊瞄準濱海觀光遊、歷史文化遊；海洋機械製造業則鎖定造船業、加強造船基地建設，發展造船及零件配套，同時，培植發展海洋生物製藥、海水綜合利用等五大海洋新興產業。

郭奎這段時間也在思考東海省未來的發展戰略，他的目光也放在了海洋經濟之上，金達的思路不僅暗合了他的想法，而且將他的想法細化，落實到了實處。

郭奎在這份報告的基礎上，對他自己的想法很快就加以完善，他覺得可以把金達這份「海川海洋經濟發展戰略」提升到東海省海洋經濟發展戰略的高度，只要將這份報告再修正一下，把海川之外的沿海城市的具體狀況結合進來，就是一份很好的東海省海洋經濟發展戰略。

一個好的幹部應該是像金達這樣具有全局的視野的，雖然目前金達的政治表現尚顯稚嫩，不過郭奎心中更加堅定地認為，這是一個可堪大用的人才。

郭奎打電話給代省長呂紀，他想讓呂紀看看這份報告。中央已經免去了郭奎的省長職務，讓呂紀出任代省長，就等下一屆人代會上通過了。

呂紀趕了過來，郭奎將報告遞給了呂紀，說：「老呂啊，你看看這份報告，金秀才寫的。」

呂紀對金達也很熟悉，接過報告，認真的看了一遍，然後讚賞的點了點頭，說：「郭書記，這份報告太好了，有發展的眼光，有具體落實的步驟。這個秀才進步很大啊，不再是紙上談兵了，他提出來的落實步驟，很有實踐性。看來把他放到海川去，真是放對了。」

郭奎點點頭說：「我也覺得他進步很大，他提出的觀點很好，我覺得不光適合海川市，放大來看，也可以作為我們東海省的海洋發展戰略。東海省擁有大於陸地面積的海洋國土，有綿延三千多公里的海岸線，海洋產業總體規模在國內位居前列，不少指標在全國排名第一。不過，雖然這些年來，我們東海省大力發展海洋漁業、海洋鹽業、船舶工業、濱海旅遊業等傳統海洋產業，但都是各城市各自為政，一盤散沙，而且高科技含量不足，偏重傳統產業，我一直在思考如何改變這個狀況，秀才的這份報告給了我很大的啟發，我覺得是時候全盤考慮我們東海省的海洋發展戰略了，而且要著力去發展深海資源開發、海洋生物醫藥等新興產業，既抓產業高端也抓產品高端，形成我們東海省新的競爭優勢。」

呂紀聽了，說：「對啊，我覺得海洋經濟將是我們東海經濟發展新的方向，秀才這報告裏的很多觀點，真的是很適合我們東海省。這份報告我拿走了，回頭我們省政府方面好好研究一下，看看如何在這份報告的啟發之下，拿出我們東海省整體的海洋發展戰略。」

郭奎笑說：「老呂啊，我們想到一塊去了。」

呂紀說：「這真是英雄所見略同啊。」

張琳也接到了金達寄來的同樣一份報告，細讀之下，也不覺叫好起來。這份報告最應該看的人是徐正，報告提出了海川市未來發展的思路，正是徐正這個市長應該知道的。

張琳就把徐正找了過來，將報告遞給徐正，說：「老徐啊，你看看，這是金達同志從中央黨校寄回來的學習成果，你別說，中央黨校水準就是高，金達同志去學習了這麼短的時間，就可以拿出這樣好的報告，確實令人刮目相看啊。」

徐正一聽金達，心中就很彆扭，心說這傢伙是什麼意思啊？寄什麼報告回來幹什麼？難道不甘心被擠出海川，想用報告來借屍還魂？

徐正冷著臉接過了報告，大體看了一下，然後扔到桌子上，說：「書生之見，不但陳腐，沒什麼新的觀點，而且都是紙上談兵，大話空話而已。」

張琳愣了一下，心說這徐正還真是小肚雞腸，只因為跟金達之間有矛盾，就去反對這份很實用、很有發展眼光的報告。

張琳不好直接去批評徐正，就委婉地說：「老徐啊，你沒仔細看，我剛才認真看了看，覺得這裏面的很多觀點很新穎，很有創見，對發展我們海川經濟很有幫助的。你再好好看一下吧。」

徐正不以為然地說：「張書記，你可能對經濟方面並不在行，你不明白，這份報告是糊弄人的，金達就是東抄一點，西湊一點，然後把雜誌上一些新穎的名詞加了進去，看起來是很好，其實只是虛有其表，拆穿了一文不值的。」

張琳有些不高興了，沉下了臉，說：「老徐啊，你這是什麼意思，你是在說我不懂經濟是嗎？」

徐正看了看張琳，他並不怕張琳，他現在跟秦屯結盟，已經有了足夠對抗張琳的實力。他現在對張琳越來越反感，尤其是他感覺最近張琳動作頻頻，先是刻意去抓海川新機場項目的毛病，然後又拿這一份狗屁不通的報告來說事，這一切看在他眼中，都是張琳想要排擠自己的動作。

而這份報告，更是張琳想讓金達回歸海川市的一個步驟，如果金達這份報告能在市裏面得到好評，那金達就是一個稱職的副市長，他的回歸就沒有人會質疑了。

徐正絕對不能允許這個跟自己對立的副市長回歸的，因此必須馬上就把這個苗頭扼殺掉。

徐正笑了笑，說：「張書記，我說的也是事實嘛，您畢竟沒有接觸過經濟工作，金達這份報告為什麼寄給您看，就是因為這種報告辭章華麗，很符合您這種沒有實際經濟工作經驗的領導看，這如果是寄給我，大概也只有扔進垃圾筒的份了。」

張琳更加惱火了，說：「老徐，我請你尊重一下其他同志的努力成果，也尊重一下別人。」

徐正冷笑一聲，說：「張書記，我對別人是很尊重的，可是別人尊不尊重我，就很難說了。」

張琳說：「你這話什麼意思啊，你說清楚，誰不尊重你了？」

徐正說：「誰不尊重我誰清楚，您如果是想調查什麼，光明正大、直截了當的來，不要在背後搞什麼人大執法檢查什麼的，想搞突然襲擊啊？我看你打錯了算盤，我徐正主抓的工程一向是經得起檢驗的，你要查，隨時都可以。」

張琳沒想到徐正竟然敢直接向自己叫板，便說：「人大執法檢查是人大的監督職責，不是針對哪一個人的，老徐啊，你這麼說可就不對了。」

徐正冷哼說：「好啦，張書記，你就不要裝了，你當我不知道是你交代去查新機場項目的嗎？以後你有什麼懷疑，直接來查，我隨時恭候。」

張琳火了，說：「徐正，你怎麼這個態度，我作為海川市的市委書記，對海川市的全局是負有領導責任的，多關心一點海川市新機場項目也很正常。」

徐正被逼到這份上，他已經感到張琳在處處針對自己，因此也不惜跟張琳翻臉，便叫道：「你負有領導責任不假，不過你鬼鬼祟祟在背後搞小動作，哪裏有一點像一個市委書記?!我告訴你，要不是因為我當時被孫永設計，今天這個海川市市委書記根本就輪不到你做，今天你又想跟孫永學，擠兌我徐正，沒那麼容易，你要做什麼大可放馬過來，我徐正可不怕你。」

說完，徐正站了起來，轉身就氣呼呼地打開辦公室的門，揚長而去。

門被徐正狠狠的摔上了，震得辦公室嗡嗡作響，張琳頹然的坐到了椅子裏，他費盡心機想要維持的團結局面到此宣告失敗。他不解自己已經盡力去維護徐正這個市長的威信了，可是徐正對他還是這麼反感，不但不領情，反而認為自己是在針對他。

張琳其實一直沒搞明白的是，徐正跟他根本就不是一路上的人，他們的目標並不一致，甚至還是矛盾的，因此他跟徐正之間，永遠是無法團結和諧的。

經過一個多月的治療，傅華終於康復出院，車子開出了醫院，他搖下車窗，外面的陽光溫暖和煦，空氣特別清新，一點都聞不到醫院消毒水的味道，讓傅華感到分外的愜意。這一個多月的醫院生活真是把他悶壞了。

回家稍作休息之後，傅華就去了駐京辦，林東和羅雨都過來他的辦公室，對他重新回來上班表示了歡迎。一會兒，章鳳得知他回來了，也過來跟他表示了歡迎，並把順達酒店這陣子的情形跟傅華講了一下。

等章鳳談完，時間已近中午，蘇南打了電話過來，說：「傅華，中午有什麼安排？」

蘇南在傅華住院期間打過電話給他，知道傅華住院之後，特別去看了他，因此知道傅華出院的日期。

傅華笑說：「我剛回來，還沒有什麼安排。」

蘇南說：「那中午我請你，給你壓驚。」

傅華這段時間在醫院裏吃飯，都是以清淡為主，嘴裏早就淡得沒油了，他跟蘇南之間也熟得不能再熟，就笑著說：「那恭敬不如從命了。」

蘇南想了想說：「去吃譚家菜吧，我給你好好補一下。」

傅華說：「還是南哥體貼我，知道我住院住得胃裏沒了油水。」

兩人就在北京飯店譚家菜那裏見了面，蘇南特別為傅華點了黃燜魚翅等招牌菜，然後說：「你大病初癒，我們就不鬧酒了，今天以吃菜為主，開瓶紅酒，我們慢慢喝吧。」

服務員就開了一瓶紅酒，兩人邊吃邊聊著。這時，蘇南的電話響了起來，他接通了，笑笑說：「曉菲啊，這個時間找我，是不是想請我吃飯啊？」

曉菲說：「是啊，我一個人悶得很，就想問一下南哥在幹什麼，如果沒飯局，我請你啊。」

蘇南笑說：「太晚了，我現在已經在吃了。」

曉菲有點鬱悶的說：「這樣啊，那我只好一個人對付一下了。」

蘇南說：「你如果不嫌棄，過來一起吃吧，這邊就我和傅華兩個人，大家都熟悉的。」

「傅華跟你在一起？」曉菲問道。

蘇南說：「對啊，他今天剛出院，我在北京飯店請他吃譚家菜，給他壓驚呢。」

曉菲遲疑了一下，說：「那算了，我就不去了，還是一個人湊合一下吧。」

蘇南不禁問說：「怎麼了，你跟傅華不是挺熟的嗎？我們這人也不多，來湊一下嘛。」

曉菲說：「算了，我沒心情出去了，再見了南哥。」

曉菲就掛了電話，蘇南愣了一下，看了看傅華，說：「傅華，你是不是什麼地方得罪曉菲了？」

傅華說：「沒有哇，我這些日子都在住院，並沒有跟曉菲打過交道。」

傅華雖然嘴上這麼說，心中卻明白，曉菲可能是因為前些日子沒打通電話，生自己的氣的緣故吧。

其實，這些日子傅華也想過給曉菲打電話來著，可是大多時候趙婷都在身邊，他並不方便打這個電話。再是因為出車禍，很讓趙婷擔驚受怕了一番，傅華心中對她也有些歉疚，自然就不好瞞著她給曉菲打電話，就打消了這個念頭。

蘇南說：「那就奇怪了，本來曉菲說要找人吃飯的，我說你在這兒，讓她過來一起吃，她卻不肯過來。」

傅華笑了笑，說：「曉菲那個人本來就愛使點小性子，也許是因為你請我卻沒請她的緣故吧。」

蘇南說：「不會吧，曉菲不是這個樣子的。」

傅華笑笑說：「那我就不知道了。」

蘇南搖了搖頭，也就沒再糾纏這個話題下去。

吃完飯，傅華趕回了駐京辦，剛坐下，手機就響了起來，一看是曉菲的電話號碼，愣了一下，她該不會是打來興師問罪的？

傅華接通了電話：「曉菲啊，剛才南哥在北京飯店請客，叫你來為什麼不來啊？」

傅華這是故意在裝糊塗，曉菲有些被激怒了，說：「傅華，你裝什麼裝，你不知道為什麼嗎？」

傅華尷尬的說：「好啦，對不起了，我知道你是因為我沒接你的電話，可是那幾天我一直昏迷在醫院，電話也被摔壞了，不接你的電話也是情非得已。」

曉菲說：「不是這個原因，我知道你出事了，我沒有因為你不接我的電話就生氣。」

傅華問：「你怎麼知道我出事了？」

曉菲說：「你一直不接我的電話，一開始我還覺得你是在躲我，後來打你辦公室的電話也沒人接，我就覺得有問題，就問你們駐京辦其他的同事，有一個姓高的小姐跟我說，你出了車禍一直昏迷著。」

傅華說：「既然你已經知道我是出了事才不能接你的電話，那你還生什麼氣啊？」

曉菲心酸地說：「傅華，是不是我在你心中是可有可無的？你既然知道我打過電話，為什麼就不能給我回個電話？你不知道我這些天有多擔心你啊？要不是怕你老婆會生氣，我早就衝到醫院去看你了。」

傅華有些尷尬的說：「曉菲，這些天我老婆一直在病房裏陪著我，她為了我擔了很多心，我又怎麼好當著她的面給你打電話呢？」

曉菲說：「那你出了院總可以跟我說一聲吧？」

傅華說：「曉菲，我知道你對我好，可是我不可能辜負趙婷的，所以我們之間還是少聯繫吧。」

曉菲質問道：「傅華，你這算什麼？要對我退避三舍嗎？」

傅華說：「不管怎麼說，我心中總是有一種歉疚感，我覺得我們之間的往來，對趙婷是一種傷害。」

曉菲痛苦地說：「傅華，我也知道我這麼做有點不道德，可是我總抑制不住要去想你，老天爺對我真是不公平，他給了我那麼多比其他人的幸運，為什麼偏偏讓我在愛情方面這麼不幸。我敢說，如果你先遇到了我，你一定會愛上我的。」

傅華心說：就算是後遇到，我也難以克制的愛上你了，在生死關頭的那一刻，這世界上我最不捨得的就是你和趙婷。可惜，我不能因為你就捨棄趙婷，這對趙婷是不公平的。

傅華不知道該說什麼，只好長長嘆了一口氣。

「傅華，不管將來會怎麼樣，我很想見見你，你過來吧，我在四合院。」曉菲提出了要求。

傅華苦笑著說：「曉菲，有必要嗎？」

曉菲賭氣說：「我覺得有必要，要是你覺得沒必要，你也可以不來。」

曉菲說完，沒等傅華再說什麼，就掛了電話。

傅華拿著話筒呆了半晌，一時不知道該怎麼辦了。他感覺到跟曉菲這段關係已經越來越危險了，再發展下去，他將很難克制自己不走出越軌的一步，此刻正是應該當斷立斷的時候，再也不去招惹曉菲才對。

可是傅華心中又不捨得讓曉菲難過，他對曉菲是有感覺的，想到如果再見不到曉菲，他的心刺痛了起來。一向理智的傅華失去了抉擇的能力，他坐在辦公室內，腦海裏對去不去曉菲那裏激烈的糾結著。

直到下班，傅華也沒下定決心該怎麼辦，曉菲也沒再打電話來，似乎是讓他自己做出抉擇。

羅雨敲門進來，說：「傅主任，已經下班了，要不要去喝一杯，我想為你的平安歸來慶祝一下。」

傅華此刻哪有心情去跟羅雨慶祝，便笑了笑說：「小羅啊，謝謝你了，我今天有事，明天好不好？」

羅雨聽了，說：「也好，看來是嫂子在家裏等著給你慶祝了。」

羅雨的話提醒了傅華，他知道今晚趙婷一定會安排慶祝活動的，是該回家的時候了，便笑笑說：「對啊，我該回去了。」

羅雨說：「估計嫂子該等急了，那我就不耽擱你了。」

傅華就收拾了一下東西，開車往家裏趕。

一路上，傅華都在想是不是要給曉菲打個電話，跟她說一聲自己不過去了，想來想去還是拿不定主意，腦海裏想著打是什麼樣子的結果，不打，是什麼樣子的結果……

他一路機械的開著車，幸好路上交通狀況不錯，沒堵車，一路順暢，要不然很難說傅華會不會發生交通事故。

目的地到了，傅華下了車，忽然愣住了，自己怎麼開到曉菲的四合院來了？

傅華轉身要上車，卻猶豫了一下，他不忍心傷害曉菲，就跟自己說，這次就算是自己最後一次見曉菲好了。自己見了曉菲，就跟她說清楚，做個徹底的了斷。

傅華走進了四合院，迎頭正遇到那個被稱作小王的服務員，小王埋怨著說：「傅先生，你怎麼才來啊？」

傅華問：「你們老闆呢？」

小王說：「菲姐從中午就躲在自己屋裏，到現在也沒出來。你快去看看吧。」

傅華就去了上次自己住過的房間，敲了敲門，說：「曉菲，你在嗎？」

屋內一點聲音都沒有，傅華不知道是什麼狀況，推了一下門，門是虛掩著的，應手而開。

傅華探頭看了一下，裏面沒有開燈，有點黑，他沒有看到曉菲，就問了一聲：「曉菲，你在嗎？」

還是沒有聲音，傅華往裏走了一步，按著記憶找到了電燈的開關，把燈打開。只見曉菲和衣躺在床上，閉著眼睛，臉上滿是淚水，妝已經被淚水弄得一片狼藉。

傅華心中一痛，往床邊走了一步，說：「曉菲，你這是何苦呢？」

曉菲說：「你先把門關上，別讓外面的人看到我這個樣子。」

傅華去關上了門，轉身回來看著曉菲，說：「曉菲，你不要這個樣子。」

曉菲哽咽著說：「我也不想這樣子，我什麼時候為了一個男人這樣過？可是，傅華，我就是無法克制自己。一想到你可能再也不會見我了，我覺得整個世界都變得灰暗起來，覺得活下去都沒什麼趣味了。」

傅華勸慰說：「曉菲，你不要鑽牛角尖，你肯定會遇到比我好的男人的。」

曉菲搖搖頭：「不會了，我的心已經被你挖走了，我不會再喜歡別的男人了。傅華，既然你來了，那就是說你還是喜歡我的，是吧？」

傅華說：「我……」

傅華說不下去了，他本來是想來跟曉菲做個了斷的，可是這個狀況下，讓他如何能說出口。

曉菲看到了傅華的猶豫，便明白傅華也捨不得自己，便撲上去抱住了傅華，說：

「你知道我這一個多月來過得多麼煎熬啊，得知你出事昏迷不醒，生怕再也見不到你，幾次都想要衝過去看看你，可是又怕你老婆吃醋，給你製造麻煩，只好拼了命的克制住自己，幸好後來醫院的朋友跟我說你醒了過來，不然我真是要瘋了。中午南哥說讓我過去跟你一起吃飯，我當時馬上就想衝過去見你，可是生怕自己在他面前克制不住，所以才不敢過去的。你能平安，真是太好了。」

說著，曉菲開始瘋狂的親吻傅華的脖子、嘴唇，似乎生怕再度失去傅華似地。

傅華開始還想矜持，可很快就被曉菲帶動了起來，他對曉菲心動很久了，只是一再克制，此刻已經到了一個爆發的臨界點，心底的火山被曉菲的情意帶動，徹底爆發了出來。

兩人瘋狂親吻糾纏著，雙手撕扯著對方，血液在體內開始熾熱起來，奔騰著，不斷沖刷著他們理智的堤壩，最終堤壩被沖出了一道缺口，堤壩垮塌，洪水奔湧而出，徹底把兩人淹沒。

兩人在奔湧的洪流中掙扎，糾纏，那種感覺就有如窒息，需要兩人把自己身體的全部都向對方敞開，徹底的接納對方，同心協力才能逃得過這滅頂之災。

兩人拼了命的擠向對方，都想要把自己擠進對方的身體之中，融合，分離，再融合，再分離，身外的一切都沒有了，彼此對對方來說就是一切。最終，兩人被洪流推到了興奮的巔峰，他們放棄了掙扎，放棄了抵抗，徹底的融合在洪流之中。

一場天雷勾動地火的戰鬥平息了下來，曉菲和傅華卻仍緊緊抱在一起，久久不肯分開。

傅華的手機不合時宜的響了起來，讓傅華從夢幻中被驚醒，想要掙開曉菲去拿手機。曉菲卻不想放開他，幽幽的說：「別接，讓我再抱你一會兒，這個夢好美好，我還不想醒。」

傅華猜到可能是趙婷的電話，不敢耽擱太長時間，便說：「可能是我老婆的電話。」

曉菲的嬌軀僵硬了，她鬆開了傅華，惆悵地說：「這終究還是一場夢。」

傅華苦笑了一下，是啊，剛才這發生的一切，對他來說也是一場美夢，但夢總是要醒的，他還需要去面對現實。

傅華接通了電話，果然是趙婷：「老公，你在哪裡啊？怎麼還不回家？我們都在等你吃飯呢。」

傅華只好撒了個小謊：「我在路上碰到了一個朋友，耽擱了一點時間，一會兒就回去了。要不，你們別等我了，先吃吧。」

趙婷催促說：「爸爸媽媽和我都想要給你慶祝這一次平安出院，怎麼會先吃呢？你快點回來，我們等你呢。」

傅華說：「好的，我馬上就回去。」

趙婷說：「你也別太急，要注意安全啊。」

趙婷掛了電話，傅華看了看一旁的曉菲，歉疚的說：「曉菲，不好意思，我要回去了。」

曉菲伸手愛惜的撫摸了一下傅華的臉龐，說：「沒事的，你回去吧，你是她的老公，本來就是屬於她的。」

傅華覺得曉菲話中帶著幽怨，不覺嘆了口氣，說：「曉菲，都是我不好，沒能克制住自己。」

曉菲笑說：「傻瓜，你能不能放輕鬆一點？我們這不過是水到渠成而已，該發生的總會發生的，不是你占了我或者我占了你什麼便宜，剛才我很快樂，我想你也是快樂的。這就行了。」

傅華說：「你真的沒事嗎？」

曉菲說：「快走吧，再磨蹭下去，你老婆又會打電話來了。」

傅華趕忙穿好了衣服，就往外走，曉菲伸手拉住傅華，說：「親我一下再走。」

傅華在曉菲的臉龐上親了一下，曉菲抱住了傅華，說：「傻瓜，剛才這一切是我想要的，我不想跟你老婆爭什麼，只要明白你也是愛我的就好，所以你也不要對我感到歉疚，知道嗎？」

曉菲這麼說，是她瞭解傅華的個性，她知道這個男人雖然很優秀，卻並不是什麼事情都拿得起放得下的。剛才這一場歡好，在逢場作戲的男人來說，可能只是一場求之不得的遊戲而已，但對傅華來說，卻可能成為一個心理負擔，使他進退維谷，不知所措，甚至如果最終沒辦法解決，傅華可能選擇逃避，一直避不見面了。愛一個人不是要成為他的負擔，曉菲希望帶給傅華的只有快樂。

傅華心裏也明白，曉菲這是在給他足夠的空間，好讓他能夠接受這件情難自禁下發生的事，雖然他的心情並沒有因此而輕鬆，卻十分感激曉菲這麼為他著想，便用力的抱了一下曉菲，這才轉身離開。

第三章

色·戒

異域的風情、甜美的香氣，
刺激著徐正的血液持續膨脹著，他勇猛的衝殺著。
女郎很有專業水準，恰到好處的迎合著他，
讓他感受到從沒經歷過的快感，興奮感排山倒海而來，
他一次又一次的被送到了快樂的雲端……

回到趙凱家，趙凱夫婦、趙婷、趙淼都在等著傅華。

趙婷過來，接下了傅華的提包，說：「你怎麼磨蹭了這麼長時間啊，爸爸都有些等急了。」

傅華歉疚的說：「那個朋友有點囉嗦，就耽擱了。」

趙凱笑著說：「好啦，小婷，傅華這不是回來了嗎？吃飯，吃飯。」

一家人就坐下來開始吃飯，趙凱特別開了一瓶拉菲紅酒，倒好酒後，趙凱說：「來，我們喝一杯，慶祝傅華痊癒歸來。」

傅華趕忙說：「謝謝爸爸。」

眾人碰了一下杯，各自喝了一口。

放下酒杯，趙凱笑著對趙婷說：「小婷啊，今後要對傅華好一點，我想這次你應該意識到了傅華對你有多麼重要。」

趙婷說：「爸爸，我對他還不夠好啊？」

傅華也說：「是啊，爸爸，趙婷對我已經很好了。」

趙凱笑笑說：「好啦，我的女兒我知道，她動不動就愛使性子，平常都是你在包容她。小婷啊，你已經是個大人了，以後對老公要多溫柔一點。」

趙婷不滿地說：「好啦，爸，你怎麼老是挑自己女兒的毛病啊。」

傅華卻心虛的看了趙凱一眼，他剛在外面才跟曉菲出軌，趙凱這番話讓他很是心驚，趙凱突然這麼說，是不是發現什麼了。幸好趙凱似乎只是隨口說說，說完之後，就把話題轉向了別處。

晚上睡覺時，傅華和趙婷也有一個多月沒在一起了，趙婷很自然地就鑽進了傅華的懷裏，傅華心中不禁暗自叫苦，卻不得不強打精神應付。他剛跟曉菲酣戰過一場，再跟趙婷大戰未免就有些疲態。

結束後，趙婷偎依在傅華懷裏，說：「老公，看來你的身體還沒恢復到原來的狀態啊，回頭我燉一些補品給你喝，爸爸今天說的對，我以前是照顧你照顧得不夠好。」

傅華心中清楚並不是這個原因，心中越發感覺對不起趙婷，卻無法說什麼，只有抱緊了趙婷。

第二天一早，傅華趕去機場接徐正。徐正要帶隊去歐洲考察，因為東海省內沒有直飛歐洲的航班，需要從北京出發。

徐正見到傅華，心裏難免有些不自在，就好像一個做賊的看到一個知道他做賊的人，雖然這個人並沒有捉住他，卻難免有些不自覺的心虛。

徐正心說：這傢伙傷勢好得這麼快啊，他怎麼沒死在醫院裏呢，臉上卻是笑容滿面的說：「傅主任，想不到你這麼快就康復了，其實你大病初癒，可以派林東或者羅雨來接我嘛。」

傅華說：「謝謝徐市長的關心，其實我身體已經完全恢復了，您到北京來，我怎麼能不來迎接呢？」

徐正笑笑，語帶譏誚的說：「完全恢復了就好。誒，傅主任，我一直沒搞明白，你究竟是因為什麼才發生車禍的啊？我聽說發生車禍的地方在郊區的山上，你跑到那裡幹什麼，難道駐京辦在那裏有什麼業務嗎？」

傅華凝視著徐正的眼睛，說：「為什麼發生車禍，我想徐市長應該知道，又何必要問我呢？」

徐正愣了一下，他沒想到傅華竟敢直接跟自己叫板，而且目標直指自己，心裏有些慌張，這傢伙是不是掌握了什麼？

徐正臉沉了下來，說：「傅主任，你說什麼？我怎麼會知道你為什麼發生車禍，你不要信口雌黃，我根本就不知道。」

徐正的慌張看在傅華眼中，讓他感到分外的好笑，這傢伙被自己這麼輕輕一嚇就有些撐不住了。

傅華笑了笑，說：「徐市長，您別緊張啊，我是說我怎麼出的車禍，駐京辦應該跟您彙報過了吧？您都知道了，又何必來問我呢？」

徐正心中明白傅華剛才這只是虛聲恫喝，心裏冷笑了一聲，這傢伙終究還是沒有證據，也只能這麼說說，無法奈何自己的。

徐正正色說：「我這麼說是提醒你注意你的本職工作是什麼，不要沒事找事，你看，出了這麼一段無頭公案，不但耽擱工作，還受了這麼重的傷，多不值啊。」

傅華笑說：「徐市長放心，這絕對不會成為一段無頭公案的，雖然凶手暫時沒被抓到，可是天網恢恢疏而不漏，必然會有被抓到的一天。」

徐正冷笑說：「你還挺有信心啊。」

傅華說：「是，我當然有信心，我相信這世界上還是有公道在的，那些做了壞事的人，總有一天會受到懲罰的。老話不是說，不是不報，時機未到，時機一到，統統報銷。」

傅華這句話說得鏗鏘有力，字字句句都敲打在徐正的心上，他的臉變得要多難看就有多難看，畢竟這件事情雖然目前懸在那裏，可是並沒有結束，一旦劉康被抓住了什麼把柄，整件事情可能馬上就會大白於天下。這是徐正的心病，而且是看不到治好之日的心病。

徐正心裏不斷詛咒傅華，詛咒傅華不得好死，卻再也說不出可以反擊傅華的話來，就沉著臉跟傅華上了車，一路上沉默著來到了海川大廈。

傅華安排考察團一行人住下，第二天再從首都機場出發去歐洲。

徐正本來這一次準備到歐洲好好玩一玩，劉康也買了跟他們同一時間的班機，全程陪同徐正，滿足他這一路上所有的需求。

沒想到在北京一下飛機，就被傅華明敲暗打了一番，加上想到傅華最後所說的「不是不報，時機未到」的話，更是讓他心裏十分不舒服，要是真的有報應的話，肯定是要報在自己身上的。

特別是他感覺傅華越來越不怕他了，而他一時卻很難拿傅華這個眼中釘怎麼樣，心中不由得更加惱火。

雖然徐正現在跟秦屯勾結，成為聯盟，足可以跟張琳抗衡，可是，張琳總是市委書記，在海川市有一定的根基，徐正和秦屯也無法完全掌控海川市的局面。就像秦屯想要田海當上計生局長這件事情，張琳就是不肯把這人事案提交到常委會上討論，寧可讓計生局常務副局長暫時主管工作，這是在以拖待變，徐正和秦屯對此也無可奈何。

現在徐正跟張琳已經鬧翻，張琳原本對他的謙讓再也沒有了，在一些事務上，兩人變得針鋒相對，很多可以開展的工作，因為兩人的爭執陷入停滯，徐正的日子不但沒變得好過一些，反而更加艱難，卻又不能將這一情況向上反映。

他在海川市算是功過參半，並沒有太多可以跟省裏要價的本錢。金達的事情已經惹得郭奎很不高興了，如果再把他和張琳的矛盾鬧到省裏去，相信省裏對自己的觀感肯定更差了。

徐正心中也有些後悔，不該一時衝動，跟張琳直接吵翻。可惜開弓沒有回頭箭，徐正明知道這樣做對自己不利，可是他也不願意低頭去跟張琳和好，他目前採用的策略跟張琳差不多，都是在以拖待變。

原本羅雨算是自己安插在海川駐京辦的一個眼線，可是最近這段時間，羅雨也不知道怎麼了，很長時間都不打電話跟自己回報，自己打電話來，羅雨也是哼哼哈哈應付著，根本就提不出什麼有價值的資料，看來這傢伙也是廢物一個，無法用來對付傅華了。

第二天，傅華送徐正一行人去了首都機場，通過安檢之後，徐正見到了在等候區的劉康。

劉康快步迎了過來，假裝不期而遇地說：「徐市長，怎麼這麼巧，你們也是去歐洲的嗎？」

徐正也故意笑了笑，說：「對啊，沒想到會在這裏碰到劉董。」

劉康說：「我是想去歐洲玩幾天，放鬆一下心情，沒想到會遇到你們，這下好了，我有伴了。」

兩人都笑起來，似乎他們真是偶然巧遇到的。

一行人在德國的慕尼黑下了飛機，德國是他們的第一站。一下飛機，就感覺特別的乾淨，德國人似乎是有潔癖，到處都給人一種賞心悅目的感覺，一點都沒有髒亂感。

不過，城市裏的建築大多很古老，到處都是刻有浮雕的歐式建築，有的建築甚至已經有幾百年了，給人一種歷史的滄桑感，這跟國內到處都在大興土木，完全是另外一種感覺。

郊區的風景也十分漂亮，農作物一片綠一片黃的，尖頂的小屋點綴其間，讓人有走進明信片的感覺。

徐正看了，不禁搖頭說：「想不到他們的農村也這麼美，這跟我們國內可是大相徑庭，現在國內的農村也在學城市化的風格，很難再看到景色這麼優美的鄉村了。」

劉康說：「說句徐市長可能不願意聽的話，我覺得我們的鄉村在消失，完全是你們這些官員們短視的結果，城市也好，鄉村也好，都是人類的生存環境，不是只有高樓大廈才代表先進，只有跟自然生態結合起來，讓人的生活跟自然融合在一起，才是對人類最好的。」

徐正頗有同感地說：「這個倒是真的，不過，現在到處都在老舊更新，沒人去注重這些了。」

劉康感慨說：「唉，現在國內的建設千城一面，都在堆水泥森林，如果再不檢討，我想早晚我們會嘗到惡果的。」

徐正這一行是考察城市建築的，便把主要目標放在了城市的標誌性建築上。先從德國幾個城市的市政廳看起。基本上，這些市政廳算不上豪華，可是代表了各個城市不同的建築風格。慕尼黑的市政廳十分老舊，顯得陰森森的；斯圖加特市政廳廣場很可愛，以噴泉做中心，各國的小熊雕像圍著；法蘭克福市政廳則特別有俄羅斯風味，廣場上矗立著公正女神雕像，很富有哲理。

接著到荷蘭，看過風車、木鞋、鬱金香之後，考察團就到阿姆斯特丹的紅燈區去大開眼界一番。

紅燈區就在市中心廣場附近，步行五分鐘就到了。從廣場到紅燈區的路上，出入分子比較雜，如果沒有黑人和霓虹燈廣告，這算得上是一條美麗的運河，兩岸是典型的荷蘭民居。徐正一行人去的時候是晚上九點多，還不是紅燈區最熱鬧的時候，但可看出其繁華一二。

每個民居外面都有櫥窗，櫥窗裏，上上下下全是展示女郎。那些展示女郎或者兩腿直立，兩臂向上趴在玻璃上，腰肢不斷扭動；或者側坐在椅子上，抽著香菸，用媚眼挑逗過往行人。

徐正一行人貪戀得欣賞著櫥窗裏的展示女郎，可是不敢多作停留，看了幾眼之後，便匆匆而過。

劉康跟在徐正身邊，笑著說：「別看這些女人看上去光鮮亮麗，實際上皮膚沒有光澤，肚皮上也有好些摺子，算是下等貨色。」

徐正沒有加以評論，就算是下等貨色，他也已經看得血脈賁張了，洋妞給他不同於以往的誘惑，讓他全身有一種膨脹的感覺。

巴黎則遠沒有想像中的那麼好，徐正他們是從老城區過去的，人種繁雜，拉丁人、亞洲人、歐洲人、非洲人都有，時不時還有穿黑袍的中東婦女過去。

地上全是垃圾，廢紙片菸頭到處都是，樓也特別破舊，讓徐正等人一度認為巴黎是徒具盛名。

不過進了市中心就不同了，有特色的建築到處都是，街道以凱旋門為中心呈放射狀，塞納河貫穿整個城市。

看過了艾菲爾鐵塔、羅浮宮、典型哥德式建築的巴黎聖母院，一行人就衝進了老佛爺百貨去購物。

巴黎的老佛爺百貨公司誕生於一八九三年，擁有世界上幾乎所有的時尚品牌，是巴黎這個花都時尚流行的風向標。它緊鄰巴黎歌劇院，裝修猶如宮殿一樣，在拜占庭式的巨型鏤金雕花圓頂下，來往的人影綽約，讓人感覺像赴一場中世紀的聚會，也把購物真正變成了一種享受。

考察團每個人都拿出了一份購物清單，各自拿著清單奔向自己想要的東西去了，劉康跟在徐正後面，陪著徐正購物。他自己並不想買什麼，這裏的名牌對他來說吸引力並不大，他來此的目的，只是為徐正買單的。

「北京真是個好地方啊，隨便一處就有這麼多的名勝古蹟。」金達感嘆地說。

傅華笑說：「是啊，這裏是皇城啊，是中國古代曾經最鼎盛時期的都城，這裏再不好，那就不對了。」

因為又是週末，金達點名想看一下雍和宮，傅華就陪他過來了。傅華雖然跟鄭老一起來過這裏，不過當時並不是來遊覽的，因此很多地方也沒看過。

金達指著橢圓形漢白玉石座上的石池中，有座高達一點五米的青銅須彌山，問說：「傅華，你知道嗎，這須彌山可是佛教中的世界中心，日月環繞須彌山迴旋出沒，三界諸天也依須彌山層層建立。須彌山腰有犍陀羅山，山外有鐵圍山所圍繞的鹹海，鹹海四周還有四大部洲，即：東勝神洲、南贍部洲、西牛賀洲和北俱盧洲。」

傅華笑說：「孫悟空不就是東勝神州傲來國的嗎？」

金達點了點頭，說：「是啊。說來這些古人也真有意思，總以為自己是世界的中心，就像我們中國自居中央之國一樣。」

傅華說：「這是認識的局限吧，古人對世界的認識如同盲人摸象，只知道一個局部，而無法看到全局。我記得看過一個資料，就是我們歷史上號稱『放眼看世界的第一人』的林則徐，當初都認為洋人的膝蓋是直的，不能彎曲。」

金達說：「那個時代中國人是愚昧的，林則徐已經算是很有眼光的了。」

兩人說話間，走進了雍和宮大殿，殿內供奉著三尊高兩米的銅塑佛像，金達說：「佛教其實也很有意思，這三尊佛就道盡了一切，燃燈佛是過去佛，釋迦摩尼是現在佛，彌勒是未來佛。據說釋迦牟尼前世曾買五莖蓮花供獻燃燈佛，燃燈佛預言釋迦牟尼九十一劫後時成佛。」

傅華笑著說：「這彌勒身在西方，代表未來，是不是意味著有一天我們需要西方世界來拯救啊？」

金達笑了，說：「巧合吧，嚴格講，佛經中的西天是在印度，而不是我們說的西方世界。」

兩人邊走邊看，一會兒走到了萬福閣的東廂，看到六道輪迴圖。

佛教是主張眾生平等的，認為世世代代的人處於不停的輪迴之中，機會均等。人死了以後，來世有六種出路：或為天神，或為人，或為阿修羅，或為畜生，或為餓鬼，或下地獄。

《長阿含經》說，人在來世的歸宿，主要看現世的表現，如積善德，下等種姓下世可成為上等種姓；如劣跡斑斑，上等種姓下世也會成為下等種姓，甚至淪入地獄，這就是佛教所說的輪迴。

六道輪迴圖畫著一個長爪三眼、形如黑熊的巨大怪物坐在地上，抱著一個大車輪形的圓圈。圓圈四周彩繪各種人物和燒、殺、奸、詐、劫、盜、吃、喝、嫖、賭等惡行劣跡。幾股氣流將圓輪分成六道。第一道內，五色雲端中宮闕巍峨，宛若仙境，稱天道；第二道內，市井社會，平民百姓，稱人道；第三道內，硝煙四起，有水、火、旱、澇，稱阿修羅道；第四道內，男女鬼怪，口內生煙，骨瘦如柴，正受嚴刑拷打，稱餓鬼道；第五道內，豬狗牛馬、魚介昆蟲，稱畜生道；第六道內，刀山冰谷，火海煉獄，鬼怪在受煎熬，稱地獄道。

金達看著六道輪迴圖，說：「傅華，你相信真的有六道輪迴嗎？」

傅華說：「我不是太相信這個，我想這大概是佛家為了勸善而虛構出來的吧，給人造成一種作惡一定會受懲罰、行善一定會被褒獎的印象，從而諸惡莫作，諸善奉行。」

金達說：「是啊，我也覺得這個六道輪迴並不可信，好多人做了惡事，並沒有受到懲罰，反而是做好事的人在受懲罰。」

傅華笑了，說：「這很正常啊，古人就有這種困惑了，要不然也不會有好人不長命，禍害一千年的說法了。其實這六道輪迴嚇唬的都是善良的人，只有善良的人才會相信這個，才會活在這種六道輪迴的恐懼之中。」

金達搖了搖頭，說：「我倒不這麼認為，有些時候，做了壞事的人反而會更恐懼，更加的來求神拜佛。不過說到底，這世界上有幾個人沒做過壞事？你能說自己沒做過壞事嗎？」

傅華聽了，笑說：「這個我可不敢說，聖經中不是有一個故事嗎，一群文士和法利賽人帶了一個行淫時被拿的婦人來找耶穌，並問他說，夫子，這婦人是正行淫時被拿的。摩西在律法上吩咐我們把這樣的婦人用石頭打死。你說該把她怎麼樣呢？耶穌就對這些人說，你們中間誰是沒有罪的，誰就可以先拿石頭打她。結果一群人從老到少，一個接一個的離開了，只剩下耶穌一個人。這世界上只有耶穌敢說自己是沒罪的。」

金達笑了笑說：「是啊，我也不敢說自己沒有做過壞事。所以有時候有六道輪迴這種信仰未嘗不是一種好事，起碼我們會敬畏神明，不敢輕易去做壞事。就怕某些人心中什麼敬畏都沒有，做起事來肆無忌憚。」

傅華感覺到金達是在說徐正，便說：「我想任何人都是需要為自己的行為負責的，這種沒有敬畏的人，早晚會為自己的行為付出代價的。」

金達說：「也許吧。」

此時的巴黎已經是深夜，由於是這次考察的最後一夜，徐正和考察團這些人在外面玩到很晚才回酒店。

劉康送徐正回到酒店房間，便說：「徐市長，今晚你可不要急著睡啊。」

徐正笑說：「都這個時間了，還不急著睡，天就快亮了。」

劉康說：「我給你安排了一個餘興節目，你睡了，可就沒辦法享受了。」

徐正一聽，眼睛立刻亮了，問說：「什麼節目啊？」

劉康曖昧的笑了笑，說：「當然是你最喜歡的了。來一趟巴黎，如果僅僅是買些名牌、化妝品，豈不是白來一趟？」

徐正心裏更加癢了起來，說：「你到底安排了什麼節目？快說吧，別賣關子了。」

劉康笑笑說：「好吧，告訴你吧，我給你安排了一個高級的應召女郎，頂級貨色，這一晚可花了我三千美金啊，你好好享受吧。」

徐正聽了不覺興奮起來，但又有些擔心，說：「會不會被考察團的其他人發現啊？」

劉康笑說：「所以我讓你晚一點睡嘛。」

徐正雖然經歷過不少女人，不過跟洋人過夜還是第一次，便有些心虛的說：「是洋人啊，我能應付得過來嗎？」

劉康很有默契地說：「早給你準備了。」說著，劉康拿出一瓶藥丸遞給徐正，說：「這個不用我說，你也知道是什麼了，好好享受吧。」

徐正拿了過來，見是威而剛，便笑說：「劉董啊，你這傢伙也太賊了吧。」

劉康曖昧地說：「為領導做好服務，多準備一點是應該的。」

徐正又問：「可是我們語言不通，這怎麼辦？」

劉康聽了，忍不住笑說：「這還需要語言交流嗎？」

徐正也笑了，是啊，身體交流就可以了，便說：「那你還不趕緊去安排？」

劉康就離開了房間，徐正興奮地在房間裏踱步，心中十分期待，男人心中都有一種佔有欲，能夠在這次考察中嘗嘗洋妞的滋味，確實是一個難得的經驗。

踱了一會兒步之後，徐正打開藥瓶。他對自己沒有什麼信心，又不想讓洋妞看不起他，為了防患未然，便把藥片服了下去。

時間變得漫長起來，徐正感覺自己渾身都膨脹起來了，才聽到有人輕輕的敲了敲門，他迅疾的打開門，門口站著一位身材高挑纖細的黑人女郎，徐正心中暗自高興，心說這劉康也太會辦事了，竟然安排了一個黑人來，真是別有趣味。

徐正不敢讓女郎在門口站太久，趕緊伸手把女郎拉了進來。

在房間昏暗的燈光下，這個黑人女郎一副二十出頭的樣子，顯得特別的水嫩，她的黑是一種淡淡的黑，皮膚摸上去特別的光滑，徐正越看越喜歡，身子越發燥熱，什麼也沒說，就拉著女郎到了床邊。

女郎笑著跟徐正滾到了床上，徐正幾下就去掉了女郎身上本來就不多的衣物，女郎像緞子般的胴體立即暴露在徐正的眼前。

真不愧是頂級的貨色，徐正感覺她十分像好萊塢那個叫什麼荷莉貝瑞的女明星，真是一個尤物啊。

徐正吻住了女郎的嘴，開始奮力的吮吸著，就像一隻猛獸在撕咬著牠的獵物，女郎的嬌軀癱在了床上，徐正開始勇猛的攻陷陣地。

異域的風情、甜美的香氣，刺激著徐正的血液持續膨脹著，他勇猛的衝殺著。女郎很有專業水準，恰到好處的迎合著他，讓他感受到從沒經歷過的快感，興奮感排山倒海而來，他一次又一次的被送到了快樂的雲端……

他覺得自己消失了，每一個動作對他來說都是從未有過的刺激，每一次的融合都是爆炸性的衝擊，把他徹底的炸成了碎片。

真是酣暢淋漓啊，癱軟在床上的徐正在心中感嘆道。

女郎嬌喘著偎依在徐正的胸膛上，輕輕的親吻著他，徐正感覺自己再次興奮了起來，剛剛下去的欲火再次燃燒了起來，他再次翻身將女郎壓到了身子下面……

徐正再次被送上了快樂的巔峰，又一次的癱軟，他有些不捨的從女郎的身上下來，此刻他有些尿意，便起床去洗手間如廁，下面卻堅硬的尿不出來，徐正心想，這威而剛還真是厲害。

好不容易解完手，徐正回到床上，女郎擺了一個十分魅惑的姿勢看著他，又比了一個大拇指，似乎在稱讚他的能力很強。徐正得意地笑了，能夠得到一個洋妞的稱讚，實在是一件令人驕傲的事情，他再次興奮起來，親了親女郎的臉頰，再次爬了上去。

他再度被送上了雲端，徐正感覺自己就像要炸開了一樣膨脹著，忽然，眼前的黑人女郎變了，變成了白皙的吳雯，吳雯笑著說：「徐正啊，我好想你啊。」

徐正恐懼的看著這一切，使勁的想要掙脫出來，沒想到身下的女郎正是興奮的時候，緊緊地抱住了他，使勁的箍住了他，不肯讓他掙脫開來。

徐正眼中看到的卻是吳雯在用力地抱緊了他，不肯放開他，心中越發恐懼，一種莫名的壓力湧上心頭，他想大喊，可是卻喊不出來，心頭的悸動越來越厲害，他可以聽到自己砰砰的心跳聲，一種從未有過的詭異感佔據了他的全身，渾身的力氣像是被一下子抽走了一樣，他昏了過去。

有人在抽打自己的臉龐，一個女聲帶著哭音在叫喊著，徐正強睜開眼睛，看到女郎跪在自己身邊，恐懼的看著他，嘴裏嘰裏咕嚕地不知喊著什麼。

徐正這時意識到自己肯定是出事了，他抬了抬手，軟弱無力的指了指衣服，他想讓女郎幫他把衣服穿起來，他不想在醫生來的時候還光著身子。

女郎似乎是明白了，她拿起衣服拉扯著要幫徐正穿上，徐正想要起身配合，卻軟綿綿地一點力氣都沒有，心中一急，再次昏了過去。

徐正再次睜開眼睛，眼前已經沒有了那名黑人女郎，只見吳雯飄在半空中，笑著對他說：「徐正，我等你好久了，跟我走吧。」

徐正拼了命的搖頭，叫道：「你這個臭婊子，別來纏我。」

吳雯說：「好啦，別鬧了，你的時刻到了，該是下來陪我的時候了。」

徐正就感覺自己像是被掏空了一樣，身子輕輕的飄了起來，吳雯過來拉住了他的手，帶著他飄走了。

那名黑人女郎看到徐正兩腿抽搐了幾下，身子就不動了，不禁打了一個寒顫，壯起膽子伸手去徐正鼻子底下試了試，已經沒有一絲氣息，她驚慌的拉開門衝出去，大叫救命起來。

劉康是第一個聽到女郎叫喊的人，一來他上了年紀，本來睡眠就淺；二來，他也惦記著徐正和黑人女郎的情況。他住的本來就和徐正的房間很近，他衝出房間後，看到黑人女郎恐懼的樣子，雖然他不知道黑人女郎在喊什麼，可是他馬上就意識到徐正可能出事了。

劉康上去一把抓住了黑人女郎，首先堵住了她的嘴，他不想讓這個女人把其他人都驚動起來。女郎恐懼的掙扎著，卻無法掙脫劉康有力的控制。

劉康看著女人的眼睛，問道：「What's wrong？」

女郎懂得一點英語，指了指徐正的房間，嘟嚕了幾句，劉康也聽不懂，就拖著女郎進了徐正的房間，女郎指了指床上，劉康就看到床上的徐正。

徐正似乎一點反應都沒有，內褲也只穿了一條腿，基本上算是光著的。劉康就知道徐正肯定出事了，他走上前去試了試徐正的鼻息，心裏不由得一驚，徐正已經沒有呼吸了。

女郎這時又說又比劃的，似乎想跟劉康說明當時的情形，劉康大概也猜到了事情的來龍去脈，知道可能是徐正在跟女郎歡好時突然猝死，這大概就是所謂的「馬上風」啦。

劉康腦袋飛快的運轉著，現在要怎麼辦？這個女人留在這裏顯然是不合適的，不能讓人知道徐正是嫖妓出了問題，否則誰的臉上都不好看。

劉康讓女郎穿好了衣物，拉著女郎到了門邊，打開門看了看四周，幸好現在已經是下半夜了，飯店的其他人並沒有察覺到這裏出了什麼狀況，走廊上一個人影都沒有，劉康就指了指外面，說：「GO！」

女郎明白劉康是讓她趕緊離開的意思，她也巴不得趕緊脫離這是非之地，便朝劉康點了點頭，逃也似地離開了。

女郎跑掉後，劉康又回到了房間，迅捷的幫徐正簡單處理了一下遺體，給他穿好了內衣，然後把屋內可能留下的痕跡抹掉了，確定沒有人會發現昨晚徐正在這裏召妓，這才打開房門，回到自己的房間裏。

回到房間裏的劉康已經十分的疲憊，上了床，很快就睡著了。

第二天，考察團成員在吃早餐的時候，發現躺在床上的徐正沒有了呼吸，身體已經變得僵硬，便趕忙報了警。

經過警方的法醫初步診斷，是突發性心臟病導致的猝死。劉康混在考察團當中，裝作什麼事都不知道的樣子，旁觀著這一切。

市長死亡，這是一件大事，考察團的人不敢稍有耽擱，趕忙向市委書記張琳作了彙報，張琳聽完了情況，吩咐考察團留下兩個人處理徐正的後事，其餘人按照原定行程返回。

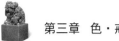

這時，劉康躲在房間裏，撥通了秦屯的電話。徐正對他來說已經是過去式了，他還有新機場項目在海川，為了新機場項目的進行順利，新的海川市市長必須是能跟自己配合好的人，目前他能夠想到的唯一人選就是秦屯，因此第一個電話就撥給了秦屯，他需要趕緊安排好後徐正時代的事宜了。

海川這個時刻正是深夜，秦屯過了好長時間才接了電話，他有些不高興地嘟囔道：「誰啊，這麼晚打電話來，讓不讓人睡覺了？」

劉康笑了笑，說：「秦副書記，是我，劉康。」

秦屯對劉康還算尊重，便說：「不好意思，我剛醒，沒看是誰的電話。劉董這麼晚打電話來，是有什麼事情嗎？」

劉康說：「應該是我不好意思，不過，我也是因為有一個重大的消息要通知你，所以只好有些冒昧了。」

秦屯說：「什麼重大消息啊？」

劉康說：「是剛剛才發生的，徐正市長因為心臟病發，猝死在巴黎了。」

秦屯驚訝地問道：「徐正死了？是真的嗎？」

劉康說：「當然是真的，我這一次正好跟徐正市長帶的考察團行程相同，我現在就在巴黎，跟徐正市長住在一個酒店，這一切都是我親眼所見。」

秦屯有些物傷其類的感覺，他跟徐正算是聯盟，突然聽到這個消息，心中有著莫名的悲傷，他說：「怎麼會這樣，出去考察的時候還好好的。」

劉康說：「我也很驚訝，不過世事無常，什麼狀況都有可能發生的。秦副書記，我們現在沒有時間去考慮這些，你應該考慮一下後面的事情要怎麼安排了。」

是啊，徐正猝死，一個市長的位置便騰了出來，海川政壇圍繞這一空缺，又將有一番激烈的博弈了，自己覬覦這個位子已經很久了，這一次機會可得好好把握住。

秦屯說：「我明白了，劉董，我會做好安排的。」

劉康說：「時間緊迫，我就有話直說了，我是想盡力幫你促成這件事情的，你如果需要什麼費用之類的話，跟我說一聲，我會給你做出安排的。」

秦屯說：「明白，先謝謝了。」

劉康說：「那好，我們就共同努力，力求實現目標。」

劉康掛了電話，原本還有些睏的秦屯卻再也難以睡著了，徐正猝死這個消息讓他的頭腦興奮了起來，這個時候，他立刻想要馬上就打電話給在北京的許先生。

官場上這種突然騰出位子來的機會並不多，尤其像市長這種重要位子的機率更少，秦屯相信，同一時刻，肯定也會有人像劉康給自己通報消息一樣，將徐正猝死的消息通知某些有可能爭奪市長寶座的人，到了明天，這些有可能爭奪市長寶座的人一定會立即行動起來，為了爭奪市長寶座竭盡全力。

自己現在是市委副書記，應該是最靠近市長寶座的人選之一吧，甚至不是之一，而是唯一，在海川市，常務副市長李濤歲數已經大了，幹完這一屆副市長就該退休了，所以他並不在秦屯考慮的競爭對手範圍之內；其他幾名副市長，才智平庸，省裏應該不會考慮他們，唯一多少有點競爭力的金達，前段時間也因為跟徐正之間的矛盾惹惱了省裏，被派往中央黨校學習，而且金達在海川資歷尚淺，也不足以擔當市長重任。

想來想去，秦屯都覺得自己是海川市長的不二人選，他相信再加上北京許先生的奧援，自己這一次一定能夢想成真。

好不容易熬到了天亮，秦屯立即打電話給許先生。

電話響了好半天，許先生才接通電話，說：「秦副書記，這麼早找我有什麼事情嗎？」

秦屯陪笑著說：「不好意思啊，許先生，我有點急事，不得不這麼早就打攪你。是這樣，我們海川市的徐正市長突然過世了。」

許先生可能是剛睡醒，頭腦還不是很清醒，一時沒有反應過來，說：「怎麼了，他死了關我什麼事啊？」

秦屯笑說：「他死了，市長的位子不就騰出來了嗎？」

許先生聽了說：「哦，是這樣啊，你想爭取市長這個位子是吧？」

秦屯說：「對，對，能不能麻煩您跟某某說說這件事情，這對我來說，可是一個千載難逢的好機會，您可要讓某某一定幫我促成這件事情啊。」

許先生為難的說：「秦副書記啊，這件事情怕是不好辦啊。」

秦屯愣了一下，說：「許先生，怎麼會不好辦呢？你不是曾經說過某某對我印象不錯，會留意我的嗎？」

許先生笑了，說：「是啊，我是這麼說過，不過，秦副書記，你辦事似乎很不夠意思啊。」

秦屯有些慌了，說：「沒有啊，許先生，我怎麼不夠意思了？」

許先生抱怨說：「別裝糊塗了，我不過就是幫朋友拜託你一件小事而已，你到現在都沒給辦成，鬧得我在朋友面前很沒有面子。這點小事我又不能拜託某某直接壓下去，唉，早知道你是這麼一個人，我就不答應人家了。」

秦屯說：「我知道了，是田海的事情是吧？許先生，這件事情我可是幫你盡力去辦了，只是市委書記張琳對田海印象不佳，所以一直沒能辦成。到現在我還是有在為田海爭取呢，這不應該怪我的。你放心，我當了市長之後，一定會幫田海安排好的。」

許先生笑笑說：「算了吧，到時候你還是跟我來這一套，還是說盡力辦了，卻辦不成，我又不能拿你怎麼樣。」

許先生心知自己玩的不過是一個騙局，秦屯能夠當上副書記，對他來說已經是一次僥倖了，光棍打九九不打加一，他覺得應該見好就收，因此很想就此打住。

秦屯卻是滿心熱望，這個時候又怎麼肯打住呢，他陪笑著說：

「許先生，我知道田海這件事情上我是沒達到您的要求，有些對不起，不過，今後我一定會盡力補償的，現在大好的機會擺在面前，您怎麼也得幫我爭取一下啊！您看最近有沒有什麼某某看好的東西，貴一點無所謂，我拿錢出來，您幫我買了送進去，一定要某某想辦法幫我這個忙啊。」

許先生心癢了起來，這送上門來的財富自己再推出去似乎有些不應該了，辛辛苦苦佈局不就是想要騙錢嗎？再說，不拿也對不起秦屯這個豬頭。

不過，弦還應該再繃緊一點，許先生便故意說：「秦副書記，你這是什麼意思啊？你以為某某就只在乎那點小錢嗎？」

秦屯慌張地說：「不是，不是，某某他老人家又怎麼會在乎這麼點小錢呢，我不過是想送他老人家一點喜歡的小玩物，讓他老人家高興高興而已。許先生，您可一定要幫我這個忙啊。」

弓已經拉得差不多啦，許先生便假裝勉為其難地說：「好啦，看在你我曾經的交情上，我就再幫你這一次忙吧，正好前幾天我看好了一個康熙官窯的琺瑯彩瓷瓶，還沒付錢，原本想留著自己珍藏，既然你這麼需要，那我就先用它來幫你的忙了。」

見許先生答應幫忙，秦屯鬆了一口氣，立刻說：「行，多少錢，我馬上匯給你。」

許先生說：「我談定的價錢是一百二十萬。」

秦屯痛快的說：「沒問題，事不宜遲，回頭我馬上把錢匯給你，你趕緊拿了這個瓷瓶去找某某，一定要他幫我拿下這個海川市長。」

許先生原本還想跟秦屯討價還價一番呢，沒想到秦屯答應的這麼痛快，看來秦屯為了爭取這個市長職位真是豁出去了，心中未免後悔自己不該把價錢說的這麼低。不過事已至此，倒也不好再改口，便說：

「好吧，我抓緊時間幫你辦就是了，不過，省裏那邊你也需要找人打好招呼，還跟上一次一樣，上下配合才能把事情辦好。」

許先生心裏的打算是，還讓秦屯去省裏找人，而他則在後面觀察動向，如果秦屯再一次得償所願，那他就繼續騙下去；如果秦屯這次失敗了，那他就趕緊撒丫子走人。

秦屯笑笑說：「那是自然，省裏這邊我自會安排的，許先生您就負責把某某那邊安排好就是了。」

許先生心裏暗自偷笑，說：「好，那我們就共同努力吧。」

第四章

藍海戰略

金達說：

「我的報告被轉交給了呂紀代省長，呂代省長很是欣賞，正讓省裏的政策班子研究，想以我的報告為基礎，形成東海省的海洋經濟發展戰略，呂紀代省長把這個命名為『藍海經濟發展戰略』。」

張琳一上班就把徐正猝死在巴黎的情況通報給郭奎，郭奎聽了，說：「事情既然已經發生了，你要負責處理好徐正同志的後事，安撫好徐正同志的家屬。」

張琳說：「好的，我會做好相應的工作的。只是市政府那邊的工作怎麼辦？」

郭奎說：「徐正同志去考察期間由誰負責市政府方面的工作，現在暫時就還繼續由他負責下去，省裏會儘快研究下一步怎麼辦的。張琳同志，你是負責全面工作的，在省裏沒確定好下一步如何辦之前，你要穩定住市裏的局面。」

徐正出去考察，市裏的工作是由李濤暫時負責，張琳覺得李濤是個很穩妥的人，便說：「好的，郭書記，我會負起責任來的。」

　　徐正猝死的消息迅速傳遍了海川市，傅華接到丁益打來的電話，丁益告訴了他這個消息。

傅華聽了，一開始還不相信，以為是丁益知道他跟徐正之間的矛盾，故意跟他開玩笑的，便說：「別逗了，幾天前我才送徐正上的飛機，那麼健康的一個人，怎麼會突然就死了呢？」

丁益說：「這個消息十分準確，他是心臟病突發，才在巴黎猝死的，市裏面已經傳開了，據說張琳書記已經跟郭奎書記彙報了這件事情。」

傅華仍難以置信地說：「是真的？怎麼會這樣呢？沒聽說過徐正有心臟病啊？」

丁益說：「有人在傳說，說徐正在巴黎嫖妓，為了對付洋妞，服用春藥，從而誘發了心臟病才猝死的。」

傅華心中有些兔死狐悲的感覺，同時，他也不想在一個人死後再去議論詆毀他，即使他曾經是自己的對手，便說道：「別瞎說，這些傳言都是不靠譜的，那麼多人的考察團，徐正根本就沒機會去嫖妓的。」

丁益聽了，笑說：「傅哥，你真是善良，那麼多人的考察團不假，可有幾個能去管市長的閒事的？據考察團的人說，死亡現場在徐正的物品中發現了威而剛，他不是要去玩女人，又怎麼會帶這種玩意兒？有人說徐正就是服用了威而剛，才導致有過度的性行為，造成這種下場的。」

傅華不想繼續這個話題，便說：「好啦，徐正既然已經去世了，我們就不要去議論他的是非了。」

丁益說：「好吧，不說這個了，我告訴你這個消息，是想你早作準備。現在市裏面的工作是由李濤暫管，不過李濤的能力，各方面都無法接任市長的，省裏面肯定會任命別人來接任，你要早做準備，好應對之後換了市長的局面。」

傅華感激地說：「好的，我知道了。」

傍晚時分，傅華估計金達已經上完課了，就打了他的電話，想把徐正猝死的消息通知金達。

傅華相信，徐正這一死，海川市的局勢肯定會有一個大的改變，相應的，在海川政壇上，很多人物的命運也會發生改變。金達可能就是其中之一，原本他是因為跟徐正之間的矛盾才被派出來學習的，現在矛盾的一方消失了，金達未來的去向也會因此而發生變化。

雖然傅華不想去干預海川政壇新的人事安排，可是他明白，一個地方發展的好壞，很大程度上取決於領導人個人的能力和品性。

徐正倒是有能力的人，可是他的心性卻不正，海川發展得坎坎坷坷很多都是因為徐正這個心性才出的問題。而金達這個人在傅華看來，是一個有戰略眼光、有能力又很有正義感的一個人，他很想金達在海川市的未來發展中，發揮更重要的作用。

金達接通了，問說：「傅華，怎麼突然打電話來？」

傅華說：「有件事情我想跟你說一聲，徐正市長去世了。」

金達愣住了，說：「怎麼可能？」

傅華說：「是真的，我剛聽到這個消息也是不敢相信。」

金達問：「出什麼事情了嗎？」

傅華對金達並沒有幸災樂禍感到很欣慰，表示他是一個正直的人，這樣的人不會因為對手的死亡而興高采烈。

傅華說：「據說是心臟病發猝死的。」

金達感嘆說：「人世無常啊，真是沒想到，徐市長看上去挺健康的，看來有什麼都不如有一個好的身體啊。」

傅華說：「先不去管這些了，金副市長，我想問你一下，你的海洋發展戰略寄回省裏之後，省裏是個什麼反應？」

金達說：「郭奎書記並沒有說什麼，不過，聽我原來在省裏的一些同事講，我的報告被轉交給了呂紀代省長，呂代省長很是欣賞，正讓省裏的政策班子研究，想以我的報告為基礎，形成東海省的海洋經濟發展戰略，呂紀代省長把這個命名為『藍海經濟發展戰略』。」

傅華很替他高興，笑說：「看來省裏很重視你的報告啊。」

金達說：「功勞可不是我一個人的，這份報告你也有份的，我在報告中有提到你給了我一些意見。」

傅華說：「這就沒必要了，整體思路都是你的，我不過給你一點小小的修改意見，你提我幹什麼啊。」

金達說：「別謙虛了，很多內容都是我們共同探討才成型的，怎麼能不提你呢？我也有意跟省裏推薦一下你的才能。傅華，你不會就甘心做一輩子這個駐京辦主任吧？」

傅華連忙說：「還是不要了，起碼到目前為止，我是甘心的。好了，別說我了，說說你吧，徐正走了，你有什麼打算？」

金達笑了，說：「我能有什麼打算？繼續我的學習生活，然後聽候上面安排吧。」

傅華說：「現在形勢有了很大的變化，難道你就這麼置身事外嗎？」

傅華知道金達跟省委書記郭奎的關係很不錯，他希望金達可以找一找郭奎，說不定郭奎會安排金達出任更重要的角色。

金達說：「這個時候，我覺得置身事外倒是一件好事，不用去糾纏其中的是是非非，老子說得好：『不自見，故明；不自是，故彰；不自伐，故有功；不自矜；故長；夫唯不爭，故天下莫能與之爭。』」

傅華笑了，想想也是，以金達的政治水準，就是去爭，怕是也難以爭得什麼出來，弄巧不如藏拙，不爭之爭，正是適合金達的做法，便說：「還是金副市長看得比我通透，我就是跟你說一下這件事情，就這樣吧。」

金達說：「好，再見了。」

考察團從歐洲返回北京，傅華到機場迎接他們，人群中已經看不到徐正的身影了，考察團團員一個個面色凝重，跟傅華握了握手之後，就都不說話了，給人一種肅殺的感覺。不知怎麼了，傅華心中竟然有幾分莫名的惆悵。

又過了幾天，剩下的兩名考察團員也返回了北京，他們帶回了徐正的骨灰。骨灰裝在一個方方正正的骨灰盒裏，按照傳統，骨灰盒用紅布包著。一個活生生的人竟然萎縮進了這小小的盒子之中，這就是一個人的宿命嗎？

傅華心裏很是悲傷，不過他明白，這不單是徐正一個人的宿命，也是所有人的宿命，人終究會有進到這個小小盒子的一天。

恍惚之間，傅華似乎看到徐正剛接任市長，風風火火的跑到北京來，要傅華領著他拜訪有關的部委，那時候的徐正，做起事情來多麼雷厲風行啊，至今想起來還是令傅華有些熱血沸騰。

當時自己跟徐正算是志同道合，共同為了海川的新機場努力。不過不久，徐正就因為陳徹掃了他的面子而跟自己交惡，轉過頭來處處為難自己。

這一切的恩恩怨怨似乎還在眼前，可轉瞬間就成過眼雲煙了。傅華心中暗自感嘆，不知道現在徐正在地下有沒有覺得當初跟自己的爭權奪利好笑呢？就算他機關算盡，贏得了那麼多的利益，享受了那麼多的富貴榮華，佔有過天姿國色，到了今天，他又能帶走什麼呢？

這還真是「世人都曉神仙好，唯有功名忘不了；古今將相在何方？荒塚一堆草沒了。世人都曉神仙好，只有金銀忘不了；終朝只恨聚無多，及到多時眼閉了。」好笑啊。

海川市為徐正舉行了隆重的追悼會，張琳在會上致辭，給了徐正很高的評價，說徐正工作勤勤懇懇，一心為公，最終累倒在工作崗位上……整個致辭都是諛美之詞，人們在蓋棺論定之時，往往都會像這樣心存厚道，過往的恩恩怨怨因為死者的離世而一筆勾銷，剩下的只有對死者的讚美了。

徐正的死亡，並沒有讓張琳感到高興，反而有些傷感，畢竟他們共事過一段時間，也算是有些同志之間的情誼。雖然在這之前，徐正公開跟他鬧翻了，兩人的矛盾在海川政壇也已經是人人皆知。

徐正的死亡引起了海川市領導幹部們的體檢風潮，紛紛到醫院給自己全面檢查了一番身體，他們都不希望在年華正茂之時，像徐正這樣猝死。

就在海川市民還在議論徐正死亡的八卦之時，秦屯正緊鑼密鼓，並沒有停下爭取上位的行動，他跑到了省城，找到了副書記陶文。

陶文在家裏見了秦屯，寒暄過後，秦屯說：「陶副書記，這一次徐正同志去世，省裏對海川市的班子是怎麼打算的？」

陶文看了看秦屯，說：「省裏面還沒有開始研究這件事情，這是一件大事，我想郭奎書記還沒有考慮這個問題。怎麼，小秦，你有什麼想法嗎？」

秦屯笑笑說：「您看陶副書記，我在海川市做過副市長、副書記多年，也算資歷豐富，相信可以承擔起更重要的擔子來。」

陶文搖了搖頭，說：「海川市是東海省的一個經濟強市，海川市的市長需要很強的能力，這個擔子你怕是承擔不了的。」

秦屯一時便有些急了，說：「陶副書記，您不能這麼說啊，我自認為是可以承擔起這個責任來的，您就不能向省裏推薦一下我？」

陶文笑了，說：「不行的，這個責任重大，必須有一個很好的人選才行，不然一旦搞壞了海川的經濟，損失可就大了。小秦啊，你就好好做你的市委副書記吧。」

秦屯仍不放棄，說：「可是，陶副書記，我這個年紀再不上一步的話，恐怕就沒機會再上去了。」

陶文搖了搖頭，說：「小秦啊，說句不好聽的話，我不認為你是一個帥才，你擔負不起全面工作的領導責任，我就算向郭奎書記推薦了你，郭奎書記也不會接受的，你還是打消這個念頭吧。」

秦屯仍不死心，央求說：「陶副書記，您就推薦我一下，就算最後不成，我也不會怪您的。」

秦屯相信只要陶文向郭奎推薦了自己，加上北京的許先生會讓某某出面向郭奎施加壓力，自己一定會得償所願的。

陶文說：「那又何必呢，既然知道一定會失敗，做這樣的無用功幹什麼？」

秦屯求說：「陶副書記，你就再幫我這一次吧。」

陶文堅決的搖搖頭，說：「明知不可為而為之，是為不智，我上一次幫你，是因為你各方面的條件還可以，尚可以勝任副書記這個職務，這次情形不同，我也無能為力。」

實際上，陶文沒說出來的是，他上一次舉薦秦屯，一方面確實是因為秦屯尚可勝任，更主要是因為當時拜託他的，是一個跟他交情很深的朋友，他有些磨不過面子去；加上當時郭奎立足未穩，陶文知道自己的意見肯定會受重視，所以才舉薦了秦屯。

但現在形勢已經大不同了，一方面，就連陶文自己都覺得秦屯擔不起海川市市長這個重擔，另一方面，郭奎現在已經穩定了局面，呂紀也在郭奎的推薦下出任了代省長，陶文如果在這個時候推薦一個明顯不為郭奎接受的人選，那顯然是等著被拒絕，這種不知趣的事情，陶文才不會做呢。

秦屯不知道陶文心裏是這麼想的，還以為是自己上次接任市委副書記之後，並沒有好好感謝陶文，陶文吃味了呢。

當時秦屯認為主要的功勞應該是北京的許先生和某某，因此對陶文的感謝就有些敷衍。不過，陶文對他的謝禮並沒有全部收下，只留了幾樣土產，意思一下，其餘的全部逼著秦屯拿了回去。秦屯也覺得陶文可能只是做個順水人情，因此就沒堅持。

看來陶文可能是對此有意見，結果在今天找補上了，幸好自己也不是一點準備都沒有，他這一次來省城，已經跟劉康事先做過溝通，劉康對他要來找陶文十分支持，當即就按照秦屯的要求，幫他準備好了要送陶文的銀行卡。

秦屯從皮包裏拿出了一張銀行卡，放到陶文面前，陪笑著說：「陶副書記，還是請您幫我再費一次心吧。」

陶文看到銀行卡，臉色沉了下來，他看了一眼秦屯，說：「你這是想幹什麼？」

秦屯笑笑說：「是我孝敬您的一點心意。」

陶文有點惱火了，說：「你想賄賂我嗎？小秦啊，我們都是黨的幹部，你想沒想過，做這種事情是違反黨紀國法的。」

秦屯說：「沒事的，這件事情我一定會守口如瓶，不會讓人知道的。」

陶文越發惱火，一拍桌子，叫道：「你放屁，天知地知你知我知，又怎麼會沒人知道？你聰明一點，就趕緊把這給我收回去，不然的話，別怪我不客氣了。」

秦屯有些被嚇住了，趕忙將銀行卡收了回來，說：「陶副書記，是我錯了，我不應該這麼做的。」

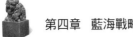

陶文狠狠的瞪了秦屯一眼，說：「小秦啊，今天的事情我就當沒發生過，希望你以後引以為戒，不要受現在時下的一些壞風氣的影響，知道嗎？」

秦屯被訓得低下了頭，說：「我知道了，陶副書記。」話就開始有些不投機了，現場的氣氛尷尬了起來，秦屯有些坐不住了，便說：「那我就不打攪陶副書記休息了，告辭了。」

陶文也沒挽留，說：「行，你回去吧。」

秦屯灰溜溜的出了陶文的家門，一出來，就開始罵陶文：「這個老混蛋，拿你當回事你就不知道自己姓什麼了，還真以為上次我當上市委副書記是你的功勞啊？不是我找了北京的許先生，你那個推薦能有屁用啊？真是老不知死的，還裝模作樣的訓我，都快要退下來了，還不多做點功德，到時候退下來沒人搭理你這個老混蛋。」

罵過之後，秦屯也有些無可奈何，陶文堅持不肯推薦他，他的勝算就少了，下面該怎麼辦呢？他在省裏再也很難找到像陶文這種分量的領導了。省裏沒有人向郭奎推薦他，郭奎肯定不會想到他的，這可要怎麼辦啊？

秦屯茫無頭緒，只好連夜趕回海川。第二天一早，找到了劉康，把自己去省城找陶文的情況跟劉康說了。

劉康看了看秦屯，對秦屯很不滿意，拿著錢去送禮都送不出去，真是一個廢物。劉康在這段時間跟秦屯的交往中，對秦屯多少是有些瞭解的，內心中也認為陶文對秦屯的看法是公允的，這傢伙確實差徐正很遠，根本就不是一個當市長的料。

可是有能力的人很難控制，像秦屯這樣的人，好處就是容易控制，而劉康目前就是需要一個好控制的人掌控海川市政府，再加上一時之間，也很難找到可以替代的人選，劉康也只得把希望寄託在秦屯身上了。

劉康想了一會兒，說：「我在東海並沒有很深的根基，既然陶文不能幫你，我看你還是在北京的許先生身上多下點功夫吧，你讓許先生多幫你說說好話，確保某某一定把你做市長的意思傳達給郭奎，讓郭奎必須得辦。」

秦屯想了想，說：「也只好這麼辦了。」

劉康說：「不惜代價，一定要做成這件事情，財力方面，我一定會在背後全力支持你的。」

秦屯感激的說：「謝謝劉董了。」

張琳到省裏開會，會議結束之後，被郭奎留了下來。

郭奎說：「張同志，我留你下來，是想問你一下你對海川市市長人選的意見，談談你的看法吧。」

張琳想了想，說：「我感覺現有海川市的領導班子當中，似乎只有一個人比較適合這個位置，可是……」

郭奎說：「有什麼就說什麼，我這是徵求你的意見，並不需要有什麼顧忌的。」

張琳說：「我是覺得這個人在海川的資歷甚淺，一下子讓他擔任這麼重要的職務，怕他擔不起來。」

郭奎笑說：「我知道你在說誰了，讓我猜一下，你是想說金達同志是吧？」

張琳點了點頭，他覺得金達很適合擔任這個市長，一方面他感覺金達身上有很強的正義感，在徐正主政期間，他對徐正並不畏懼，很敢於跟徐正的不正當行為抗爭，這讓張琳覺得他跟自己是同一路人。另一方面，金達關於發展海川經濟的海洋戰略報告十分出色，相信讓金達來做這個市長肯定會稱職。

不過，張琳並不知道郭奎對金達是一種什麼看法，金達原本是郭奎的得意部下，派下來本就是讓他鍛煉的，因此郭奎應該是支持金達的。可是後來金達跟徐正之間有了衝突，郭奎卻並沒有強力的支持金達，反而讓金達再去進修，金達已經是個書呆子了，郭奎讓他再去讀書，就有點別有意味，似乎不再信任金達了。

張琳有些難以捉摸郭奎的意思，所以他並沒有大力推薦金達，他要看看郭奎的態度，如果郭奎反對，他就會退縮，不再堅持。

郭奎見張琳點頭，便笑著問：「那你說說看，你覺得金達同志哪些方面適合擔任市長這個職務？」

張琳表明了自己的觀點，特別強調了金達對徐正幾次錯誤行為的反對，說：「雖然金達同志這麼做顯得政治經驗不足，稍嫩了些，可是他這種堅持原則的作風，正是我們目下幹部中最為缺乏的，難能可貴。」

郭奎點了點頭，說：「這可以說是金達同志的一個缺點，但更是金達同志的一個優點。現在的幹部大多喜歡說些套話假話，像金達同志這樣肯說真話的人真是很少，應該值得鼓勵。不過，金達同志也確實政務經驗不足，我擔心他無法擔負起市長的重任。」

看來郭奎對金達的信任並沒有改變，只是擔心金達經驗不足，怕他難以承擔起市長重任，張琳心中對郭奎的態度有了底，便笑著說：

「經驗可以在實踐中獲得，我覺得金達同志很有眼光，我看過他那份海川市海洋經濟發展戰略的報告，很有前瞻性。」

郭奎點點頭說：「那份報告我也看過，確實是很有前瞻性，呂紀代省長看過之後也很讚賞，認為基本上可以作為東海省海洋發展戰略的底本。」

張琳補充說：「那份報告不光有理論，還包括如何落實，從這一點上，我認為金達同志到海川來之後，有了很大的進步。」

郭奎笑笑說：「這一點也是我欣賞這份報告的原因之一，光有理論那是紙上談兵，只有把理論落實到實處，才是真正有用的。行了，你的態度我知道了，你先回去吧。」

張琳看了看郭奎，雖然郭奎對金達表示了讚賞，可是並沒有一錘定音的說就是金達，看來對金達還是心存顧慮。他很想再為金達爭取一下，因為他覺得自己跟金達的配合一定會很好的，可看到郭奎已經一副不願意再談下去的樣子，只好把到嘴邊的話咽了回去。

局勢並沒有明朗，張琳並不知道郭奎打的是什麼算盤，只好帶著困惑回了海川。

如果省委方面不能表達出對金達的強力支持，金達在市長競爭這場博弈中，是沒有什麼勝算的，他在海川的根基太淺，到海川之後，又跟徐正鬧得很僵，海川政壇上的人對他的印象並不佳，如果省委派出考察組，估計考察的結論對金達肯定不利。

雖然明白金達自身很正派，工作能力也很強，可是考察是對人的調查，而偏偏金達在這方面是一個弱項，他來海川之後，並沒有建立起很好的人脈。

張琳雖然明知如此，可是也沒什麼辦法，他並不能出面去幫金達做什麼，那是違背組織紀律的。

一條爆炸性的新聞突然出現在網路上，這條新聞是轉載自法國巴黎的一家華文報紙上，新聞說，東海省海川市市長徐正在巴黎考察期間，因為服用威而剛之後嫖妓，從而導致心臟病發猝死。發佈這條新聞的記者找到了那晚陪宿的黑人妓女，挖出了徐正猝死的真正原因。

這條消息震驚了東海政壇，一個堂堂市長竟然趁著出國考察期間寡廉鮮恥的嫖娼還猝死，真是人丟到國外去了，東海省輿論一片譁然。

這引起了東海省紀委的注意，他們通過駐法大使館確認了這條新聞是真實的，東海省紀委對徐正產生了高度懷疑，也為了平息一片譁然的東海省輿論界，就向海川市派出了調查小組，調查前市長徐正究竟有沒有其他違法行為。

與這個調查小組幾乎同時到達海川的，還有東海省委組織部派下來的幹部考察組，前來考察海川市市長的繼任人選。

市委書記張琳接待了考察組，考察組的組長是東海省組織部副部長龍乾。不出張琳所料的是，考察對象並不僅僅是副市長金達一個人，同時還有市委副書記秦屯和另一名副市長。

張琳在考察組面前給予金達很高的評價，特別強調了金達和徐正的幾次爭執中，金達都堅持自我原則。雖然如此，張琳心中對金達勝出並不樂觀，金達現在遠在北京，在海川又沒有多少支持他的人，比起秦屯和另一名副市長來，顯然處於劣勢，估計到最後，金達的考察結果八成是敬陪末座了。

另一方面，秦屯知道自己被列入考察名單，不由得欣喜若狂，看來自己在許先生那裏加碼有了明顯成效，省裏現在已經將自己列入接任市長的考察名單，下一步只要某某多跟郭奎施加點壓力，那這個市長就是垂手可得了。

秦屯於是趕忙跟劉康商量了一下，便開始四處活動起來，他要確保自己排在考核結果的第一名。

與此同時，紀委調查組也開始全面調查市長徐正的各項施政，私下跟市裏的各位領導談話，原本跟徐正來往密切的一些人開始緊張起來，生怕徐正的問題牽涉到自己。

一個考察組，一個調查組，瞬間把海川市平靜的局勢搞得詭異起來，熱望升官的和恐怕被處分的人，心都懸了起來，不知道等待自己的會是一種什麼樣的結果。

消息很快就傳到了駐京辦，傅華一方面對徐正被證實是因為嫖妓而猝死感到噁心，另一方面也為金達被列入考察名單感到高興，省委還是很有眼光的，對金達這個人才並沒有視而不見。

週末，傅華再次把金達接了出來，在車上，傅華向金達表示了祝賀。

金達說：「這件事情我聽省裏的朋友說了，他們都向我表示了祝賀，不過，我覺得自己只是一個陪太子讀書的角色，應該勝出機率不大吧。」

傅華看了看金達，看來金達對目下官場風氣也不是都一無所知的，但是，傅華覺得這是一個很好的機會，省裏既然把金達列入了考察名單，就說明對金達還有一定的信任，這首先便已扭轉了金達已經被擠出海川權力核心的印象；相反，金達不但沒被擠出權力核心，還可能是更高權力的有力競爭者。

「金副市長，我覺得事情不一定像你想的那樣啊。」傅華提出自己的看法。

金達說：「哦，傅華，你有什麼高見嗎？」

傅華笑笑說：「我倒覺得省委這一次把你列入考察名單，是在向海川政壇傳遞一個強有力的信號。」

金達問：「什麼信號，不會是省裏全力支持我吧？」

傅華說：「怎麼不會?!我覺得省裏就是在向海川市政壇傳遞著這種訊息，像你這樣有能力有正氣的幹部，省裏會大力支持的。」

金達哈哈大笑了起來，說：「傅華，什麼時候你也開始拍起馬屁來了，你不要覺得我被列入考察名單，海川市市長就是我了。」

傅華也笑了起來，說：「金副市長，你覺得我傅華是那麼俗氣的人嗎？」

金達說：「開玩笑的。這麼說，在你看來，我還是很有機會的？」

傅華說：「當然了，我是這麼看的，海川市這幾年被徐正弄得灰頭土臉的，百合集團、鴻途集團都給海川造成了很大損失，海川的幹部們應該對徐正意見很大，而你在海川政壇的形象是以跟徐正抗爭而聞名，人們對徐正的厭惡，正好轉變成對你的支持，所以我認為你勝出的機率很大。」

金達看了看傅華，說：「希望你是對的，不過你也應該瞭解目下的官場，我可以想見其他被考察對象現在正在做什麼，而我在海川，基本上可以說沒有一個真心的朋友，誰會支持我啊？這樣你還覺得我勝算很大嗎？」

傅華笑了，說：「你不要把我們的同志們想得那麼不堪，他們都是很有正義感的，不說別人吧，我認為張書記肯定是支持你的。」

金達說：「張書記支持我，這我知道，但他也起不了決定性的作用。好啦，不說我了，徐正的醜聞你知道了嗎？」

傅華點點頭說：「知道了，前段時間有人跟我說過這件事情，當時我還覺得不太可能，還說了那人一頓，沒想到竟然是真的。」

金達不敢置信地說：「徐正怎麼會無恥到這種地步啊，省裏的朋友跟我說這件事的時候，我真是震驚不已。」

傅華說：「他已經沒有一個政府官員該有的操守，沒有操守的人，還有什麼事做不出來？」

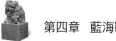

金達點了點頭：「這倒也是，人如果沒有了操守，還真是什麼都做得出來。」

傅華說：「不過，這件事情在這個時間點上暴露出來，對金副市長來說，倒未嘗不是一件好事。」

金達笑了，說：「什麼意思啊，難道我能從這件醜聞當中得利？」

傅華說：「當然了，這件事情讓人們對徐正更加反感，相應的，對你就更有好感了。」

金達說：「這種事情我還是寧願不得利的好。」

金達不知道的是，徐正出了這件事給他帶來的好處，還不止人們對他好感增加這一點上，一些潛在的效應也在發酵。

調查組和考察組同時到了海川，客觀上給原來緊跟徐正的那些幹部們造成了很大的心理壓力，他們害怕調查組會找上他們，紛紛跟徐正撇清關係，一個個把自己說的都好像跟徐正的錯誤行為做過激烈對抗的樣子，就算沒有做過公開的反對，起碼在心裡也不認同。

這個狀態之下，考察組在詢問人們對金達、秦屯等考察對象的意見的時候，原本跟著徐正反對金達的人果然紛紛轉了風向，紛紛給予金達高度的評價，稱讚金達同志堅持原則，敢於跟領導的錯誤行徑提出抗爭。

同時，也有一些人敏銳的窺探到了省裏新的風向，金達本來就是省委書記郭奎的愛將，這一次又被列入考察名單，說明郭奎恢復了對金達的信任，也說明省委很希望能讓金達接任市長這個位置。這些人認為自己猜準了省裏的想法，因此在提供意見的時候，自然對金達讚譽有加。

當然，大多數幹部都是正直的人，就像傅華所說的那樣，他們原本就對徐正的行徑十分反感，在這次考察中自然選擇支持金達。人們各自有著自己的盤算，這種盤算不論是出自正義還是出自自私，都讓人們對金達投下了贊成票。

第五章

大意失荊州

秦屯懊悔自己過於輕敵，他根本就沒把金達放在眼中，
因此在整個考察過程中，他並沒有針對金達採取什麼行動，
去做那些額外的小動作。
沒想到大意失荊州，竟然被一個看不上眼的對手勝出，真是邪門了。

考核結果讓海川政壇一些自認為是老手的人大跌眼鏡，這其中當然包括張琳，沒想到金達竟然位列第一名，雖然跟第二名之間的差距並不大，但是這不大的差距已經讓張琳大吃一驚了，沒想到金達的民意基礎這麼好，人在北京私下沒做任何拉票活動就能勝出。

張琳知道，在考察組下來的這些日子中，秦屯私下一刻鐘都沒停過的在活動運作，四處拉攏人，沒想到還是沒爭得過金達，位居第二名。張琳的心中暗自感嘆，群眾的眼睛是雪亮的。

秦屯得知這一結果，不由得惱火萬分，他沒想到他做了那麼多工作，找了那麼多人，最終卻是這樣一個結果，他竟然輸了，還輸在一個比他年輕、比他在海川資歷淺很多、沒什麼根基的金達手裏，這讓他情何以堪。

秦屯懊悔自己過於輕敵，他根本就沒把金達放在眼中，因此在整個考察過程中，他並沒有針對金達採取什麼行動，那些以往他常用的一些上不了臺面的手段都沒使出來，他覺得自己一定穩操勝券了，不值得為一個沒什麼分量的對手去做那些額外的小動作。

沒想到大意失荊州，竟然被一個看不上眼的對手勝出，真是邪門了。

秦屯不知道哪些人投了自己的贊成票，又是哪些人投了反對票，但肯定是有些人當面答應了要支持他，背後卻捅了他一刀，他在心中暗罵這些人們見風轉舵。

但是，秦屯並沒有花太多精神去猜想是誰背叛了他，他現在還有更重要的事情要去考慮。眼下不過僅僅是一個考核的結果，金達雖然暫時贏了，可贏的並不多，可以說只有些微的優勢，省委最終在他們兩個人中會如何抉擇，還是一個未定之數。

大局既然未定，那就還有爭取的餘地，秦屯想來想去，一整夜都沒合上眼睛。他知道這可能是他最後一次能當上海川市長的機會，金達這麼年輕，如果被他接任，那他做這個市長將會很長一段時間，在這個期間，秦屯的年紀早就已經超出規定，再也不可能有機會接任市長了。

因此對秦屯來說，他必須抗爭，必須奮力一搏，他不甘心把經營了這麼多年的局面拱手讓給金達。秦屯知道自己必須擊敗金達，必須立即採取行動，再延誤時機，可能就會徹底失敗了。

秦屯立即撥了許先生的電話，把考察的結果跟許先生說了。

許先生聽完，心裏暗自好笑，沒想到這傢伙的運氣還真是不錯，自己什麼都沒幫他，他竟然會被列入考察名單中。看來好好幫他籌畫一下，倒也未嘗不能讓他得償所願。

許先生便說：「秦副書記，你的群眾基礎怎麼這麼差啊？某某能幫你說話不假，可是如果你自己是扶不起來的阿斗，他就是再有能力也幫不上你的忙的。」

許先生想要先打擊一下秦屯，也為將來如果秦屯失敗預先找好理由。

秦屯陪笑著說：「不是，許先生，這一次肯定是這個金達私下拉關係了，是我認為我的民意基礎很好，不會比他們差，不需要拉關係，輕敵了。不過我跟他的差距並不大，所以只要某某大力幫忙，我還是很有機會的。」

秦屯為了證明不是自己民意基礎差，把責任都栽贓在了金達身上。

許先生說：「唉，你這個人啊，叫我說你什麼好呢，古人都說官場如戰場，你怎麼能不打起全副精神來應付呢，難怪你會輸給對方。」

秦屯說：「以後不會啦，這一次我一定會全力對付他。許先生，你好好跟某某說說，一定要幫我當上這個市長啊。」

許先生說：「秦副書記，你搞成這個樣子，讓某某怎麼幫你說話啊，人家如果說：你看他的民意基礎那麼差，不好安排，某某也不好再強逼人家，對不對？」

秦屯聽了有些緊張，這時候如果某某撒手不管，那他就徹底沒戲了，趕忙說：「許先生，我剛才不是跟你說了嘛，那傢伙私下裏搞了很多小動作，您可不能讓某某撒手不管啊。我已經在您這裏為某某花了不少錢了，他這時候撒手不管，可有點不太仗義啊。」

許先生不高興地說：「你以為某某在乎你這點小錢嗎？」

秦屯聽出了許先生語氣中的不善，趕忙說：「我不是這個意思，我只是說我對某某是很尊重的。並且某某既然已經為我向郭奎書記開過口了，失敗了他臉上也不好看，是吧？」

許先生說：「好啦，這件事情我會跟某某好好說說的。」

秦屯說：「謝謝了，事成之後，我對許先生也會有一分感謝的。」

許先生說了聲客氣了，便掛了電話。

秦屯鬆了口氣，許先生這兒總算給了他一顆定心丸吃。可是只有這一顆定心丸還不夠，現在省裏沒有了幫自己說話的人，秦屯心中還是懸著，就趕去西嶺賓館，找到了劉康。

劉康沉著臉，看來心情也並不是很好，見了秦屯只是點點頭，指了指椅子，示意秦屯坐。

秦屯坐到劉康對面，說：「劉董啊，考察組的考核結果你知道了吧？」

秦屯能否當上市長，關係到劉康今後新機場項目建設能否順利進行，因此他對考核結果也很關心。

劉康說：「有朋友跟我說了，秦副書記啊，你怎麼搞的，你在海川這麼多年了，怎麼竟然鬥不過一個新來海川不久的金達？你不是做了很多工作了嗎？」

秦屯忙說：「我這一次是輕敵了，我原本以為金達遠在北京，應該不能做什麼手腳，哪知道這傢伙扮豬吃老虎，竟然工作做得比我還到位。」

劉康冷笑了一聲，說：「輸了就承認輸了吧，別找什麼理由了，金達是什麼樣的人，相信你比我清楚，他會做什麼工作啊？」

秦屯被說得有些不好意思起來，說：「好啦，金達也許沒做什麼，不代表其他人沒幫他做什麼工作，像郭奎、張琳這些人，據說都很賞識金達。」

劉康看了看秦屯，這傢伙果真是一個扶不起來的阿斗，他心中閃過一個念頭，是不是非要在這棵樹上吊死？如果真像這傢伙說的，郭奎、張琳都很欣賞金達，那金達勝出的機率會比這傢伙高很多，要不要預先在金達那邊做一做工作？

不過，劉康對金達多少瞭解一點，在徐正主政海川時期，金達跟徐正的幾場衝突劉康都是知道的，從這幾場衝突當中，劉康感覺金達是一個不畏權勢的人，這種人向來是很難加以控制的。相對來講，眼前的秦屯雖然是草包一個，可是掌控起來相對容易得多，劉康覺得還是先支持秦屯拿下市長這個位置才對。

劉康說：「好啦，目前既然已經是這個狀況了，我們再去討論金達做了什麼，沒做什麼，也沒什麼意義，要緊的是之後我們怎麼做。你北京的關係找得怎麼樣了？」

秦屯說：「我剛才和許先生通過電話了，他答應我會找某某幫我的。」

劉康看了看秦屯，說：「你確信這個許先生一定認識某某嗎？按說某某這麼高的級別，應該不會參與像市長人選這樣的小事吧？」

秦屯笑說：「劉董啊，你把某某看成不食人間煙火了，他也有喜怒哀樂，也有親戚朋友的。許先生認識某某，這個我是可以確定的，我做這個市委副書記，就是某某出面跟郭奎打了招呼的結果。」

劉康說：「既然這樣，你當這個市長應該是沒問題了。」

秦屯說：「雖然是這樣，可是事情沒最後敲定，就無法說一定是穩操勝券。所以我覺得光有某某在背後幫我還不夠，還應該對金達做點什麼才對。所以我來跟劉董商量一下，怎麼樣去打擊一下金達。」

劉康說：「你想做什麼？」

秦屯說：「我覺得這次的考察太過於風平浪靜了，這才讓金達有機可趁，我們必須弄點風浪出來，才可以渾水摸魚。就算最後我無法當上這個市長，也要跟金達拼個魚死網破。」

劉康說：「看來你已經知道自己該做什麼了。」

秦屯笑了，說：「我當然知道，劉董肯不肯幫我一把啊？」

劉康說：「你知道我是支持你的，如果需要用到錢，儘管言語一聲。」

秦屯說：「那只是一方面，我看劉董對海川政局瞭若指掌，是不是可以幫我弄一點不利於金達的消息出來？」

看來秦屯是想弄一些抹黑金達的東西出來，這雖然有些卑鄙，可是往往是行之有效的手段，現在金達和秦屯的競爭已經白熱化，到了需要刺刀見紅的時候，無所不用其極也很正常。

劉康想了想說：「秦副書記，雖然我很想幫你這個忙，但目前真的不方便。你不知道，我現在是在調查組的關注之下，一舉一動怕都有人在看著，我如果再插手你這件事情，被調查組知道了，怕對你有害無利啊。」

秦屯神色凝重了起來，他明白為什麼來的時候劉康沉著個臉了，看來劉康可能也遇到麻煩了，便說：「我這些天都在跑考察組的事情，幾乎忘記還有一個調查組在海川了。怎麼，調查徐正的事情，牽涉到你了嗎？」

劉康苦笑著說：「新機場是徐正市長生前抓的重點項目，調查他怎麼能不來調查這個項目呢？」

調查組現在把新機場項目作為調查徐正生前有沒有違法行為的重點，前後找劉康問過幾次話，雖然劉康早有準備，應付得滴水不漏，可是他也知道自己目前是調查組的重點關注對象，所以做事都很小心謹慎，生怕被調查組抓住了什麼馬腳。

秦屯說：「這徐正還真是害人不淺，死了也不讓人消停。」

劉康說：「不要這麼說，我想他也不想把事情鬧成這個樣子的。」

劉康是比誰都清楚徐正究竟是怎麼死的，正是因為他給徐正安排的女人和藥物做了徐正的催命閻羅，這讓他多少感到有些歉疚。

秦屯看了看劉康，臉上浮現出一種曖昧的表情，問道：「劉董啊，我聽他們說，當時你也在巴黎，你說那徐正真是得了馬上風死的嗎？」

劉康心裏暗罵這秦屯果然是色鬼，都這個時候了，他不去想如何對付金達，反而好奇徐正的死因。

劉康當然知道徐正是馬上風死掉的，可是他不能承認，承認了就是在說他跟這件事情有關了，便說：「這個我可不清楚，我見到徐正市長時，他已經死了有一段時間了。」

秦屯很羨慕的說：「如果真是馬上風，這徐正倒是一個風流豔鬼，我看報導上說，陪徐正最後一晚的，是一個絕頂美麗的黑人高級應召女郎，嘖嘖，黑妞啊，我還沒玩過黑妞是什麼滋味呢。」

劉康看了秦屯一眼，他很不滿意秦屯談論這件事情那副色迷迷的態度，心說這傢伙比起徐正來真是差得遠了，一個官員怎麼能說話這麼不謹慎呢？徐正也好色，不過外表上還給人一種不近女色的形象，雖然有些偽君子，可是一個官員本應表現得正義凜然的樣子。不然的話，這個官員就給人一種不像官員的感覺，就會很容易出事。

劉康不想繼續這個話題，便說：「這件事情我不是很清楚。」

秦屯卻沒注意到劉康語氣中的不耐煩，還在繼續說著：「徐正市長也算達到男人的最高境界了，我的夢想就是到八十歲的時候，在一個美女的身上得馬上風死掉。」

劉康有點惱火了，說：「秦副書記，我們還是先想正事比較好，這種玩的事情等你當上市長之後再說吧。」

秦屯看出了劉康的不高興，訕笑著說：「是啊，是啊，既然你不方便出面，我就再找別人，你就幫我參謀一下從哪方面入手，能夠打擊到金達。」

劉康陰冷的笑了笑，說：「能打擊一個官員的，無非是兩方面，一個是撈不撈錢，一個是褲腰帶鬆不鬆。金達到海川時日不多，想要找到他貪腐的證據怕是很難，我覺得倒是可以從褲腰帶這方面想想辦法。你想想看，有沒有跟金達過從甚密的女人，有的話，就從她身上做文章。」

秦屯笑說：「這是一個很好的思路，正好徐正在巴黎出了那麼段花花事，省裏這個時候應該對幹部私人作風問題十分的敏感，如果給金達搞一段風流韻事出來，一定會狠狠打擊他的。這個可以作為重點，貪腐方面也不能沒有，給他編造一些出來，也未嘗不可。」

劉康瞪了秦屯一眼，說：「你是不是沒腦子啊？你編造出來有用嗎？」

秦屯乾笑了一下，說：「怎麼了，通常告狀信都是這些內容啊。」

劉康說：「你傻子啊，現在正是選市長的關鍵時期，冒出這樣一封舉報信來，明眼人誰不知道是有人故意針對金達的，如果再一查證，所謂的貪腐都是編造出來的，那就說明這封信是別有用心的人故意搞出來的，省裏面肯定不會拿這封信當回事。可如果你僅僅針對男女作風問題，省裏就不好查證了，男女之間的事只有當事人兩個人能說的清楚，這是一本糊塗賬，省裏的領導肯定會對金達心生懷疑，再加上徐正的醜聞，他們在任用金達這件事情上一定會慎之又慎，到那時要不要用他做市長，就很難抉擇了。」

秦屯聽到這裏，不由得豎起了大拇指，說：「劉董，你真是高明啊，這一招雖然看上去輕描淡寫，可是卻正好擊中領導們最害怕的地方，給人有舉重若輕的感覺。就是要讓領導們對金達產生懷疑，讓他們為了保險起見，不敢重用金達。」

劉康說：「你既然明白這個道理，那就趕緊去做吧。」

秦屯就離開了劉康的辦公室，馬上安排手下去調查金達身邊有沒有什麼走得很近的女人，別說，查來查去，果然還真找到了一位。

這個女人叫蔡莉，是海川大酒店的服務員，金達從省裏面下來工作，並沒有把家屬從省城齊州帶到海川來，因此市裏給金達在海川大酒店安排了一個單間，讓金達當做宿舍。

海川大酒店見副市長要在這裏長住，自然有些要巴結的意思，這個蔡莉就被以照顧市領導生活的名義，派來做負責管理金達所住房間的專門服務員。

蔡莉剛剛二十歲，粉嫩漂亮，她要照顧金達的衣食起居，自然會常出入金達的房間，說她跟金達之間有曖昧關係，估計很多人都會相信的。

秦屯看過蔡莉的照片，按照他的想法，這樣一個漂亮的女服務員如果成天在自己身邊轉，自己肯定是會染指的，想來金達也不會不下手，因此秦屯覺得這個女人真是上天掉下來幫他的。

一封反映的舉報信就被快遞到了省、市各領導的辦公室，信是以蔡莉男朋友的名義寫的，說自己的女朋友蔡莉貪慕權勢，在照顧副市長金達的時候，被金達引誘上了床，跟金達發生了不正當的關係，還為金達去打過胎。

蔡莉攀上了高枝，就看不起他這個男朋友了，非要跟他分手，他氣憤不過，所以才向組織反映這個情況，請求組織一定要嚴懲金達這個道貌岸然、私生活糜爛的偽君子。

郭奎看到了這封舉報信，心裏冷笑了一聲，知道有些人為了升官，把這些卑鄙的行徑都使了出來。

郭奎對這次海川市考察幹部的結果是很滿意的，尤其是最後的考核結果，金達竟然位列第一，讓他都有些驚喜的感覺。

在郭奎的預想中，金達如果在這次考核中能小輸就應該算是贏了，畢竟金達下去海川工作的時間並不長，在這段不長的時間中還跟徐正鬧過幾次矛盾，而秦屯和另一名副市長都是在海川經營多年的幹部，就這一點上，金達就已經落了下風。

市長就相當於一個指揮千軍萬馬的將軍，要想把一個城市管理好，光市長一個人有很好的頭腦是不行的，市長需要調動下屬去行動、去落實他的戰略。如果無法指揮得動下面的部屬，那市長就僅僅是一個光棍司令，整個城市的建設就會因為市長的指揮失靈而陷入停滯。

郭奎確實很欣賞金達，可是光欣賞是不夠的，如果金達在海川沒有足夠的民意支持，等待金達的可能只有失敗，因此郭奎不敢貿然就把海川這個經濟大市交到金達手裏。

如果這一次考核，金達大輸其他兩個人，郭奎心裏是準備讓金達到別的地方再鍛煉兩年的，現在看來不用了，考察結果表明，金達在海川有足夠的民意基礎。海川市幹部們的眼睛是雪亮的，他們知道究竟什麼樣的幹部是一個好幹部。

郭奎已經準備將推薦金達出任海川市代市長一事提交省委常委會討論表決了，在這個時候偏偏出現了這麼一份舉報信，這讓他心裏很彆扭。

如果換在別的時候，這一封四六不靠的信，誰都不會當回事情的，查都不需要查；可偏偏這封信出現在徐正剛剛在巴黎嫖妓猝死的敏感時候，很多幹部對徐正的醜聞都抱持著反感，也有些想要看官員們笑話的心理，金達這時被舉報出跟服務員有不正當的關係，肯定會在社會上引起很大的議論，這時候如果不調查，人們一定會認為組織在包庇金達，從而對組織這一次的人事安排也會產生莫大的不信任感。

但是如果調查，會不會金達真的有問題呢？郭奎很瞭解時下的幹部，不查的話，可能每一個都是好同志，每一個都正派廉潔；一旦調查起來，往往是問題一大堆，什麼樣可恥的事情都能做的出來。金達會不會也是這個樣子呢？

郭奎也不敢十分肯定，是或者不是都不令人意外。金達正值壯年，老婆又不在身邊，跟身邊的美麗服務員有些曖昧，這是一個不合道德卻在情理之中的可能。

但是在這個風口浪尖、上上下下都在關注幹部的作風問題的時候，如果真的查出舉報信上的內容是真的，那金達這輩子的仕途可能就完蛋了。

查就可能廢掉金達，不查就無法跟幹部群眾交代。郭奎當然不捨得這個愛將就此被廢掉，心裏不禁暗罵搞出這封舉報信的人，真是精算到家了。

還有一種比較安全的做法，不查也不推薦金達接任海川市市長，這樣子倒是既保護了金達，又可以跟輿論交代；不過，這樣子就正中寫這封舉報信的人的下懷了，他就是不想讓金達得到這個市長位置。

不行，絕對不能讓這個小人得逞，查，一定要查，如果金達確實有問題，那就把他排除掉，他應該對自己的不檢點行為負責，不能破格提拔。

過去經驗證明，為了惜才而破格提拔的幹部，日後可能出現的問題更大，我們需要一個優秀的幹部隊伍，不能讓一身毛病的人混進來。

郭奎打定了主意，就安排相關的部門對舉報信的內容進行核實。

北京，傅華正在和賈昊一起吃飯，忽然接到了金達的電話，心中有些詫異，通常金達只在週末才跟自己聯繫，平時他都在黨校認真學習呢，今天這是怎麼了，是不是他突然有什麼事情需要自己去做？

傅華趕忙接通了，問說：「金副市長，你怎麼在這個時間打電話來啊？有什麼事情需要我去做嗎？」

金達笑笑說：「你在做什麼？」

傅華說：「我在跟我師兄一起吃飯呢。」

金達說：「什麼時候結束啊？」

傅華笑笑說：「我們就是在一起聊聊，很快就結束的。」

金達說：「結束後你過來接我一下，我有些事情想跟你談。」

傅華愣了一下，看來今晚金達竟想從黨校請假外出，中央黨校是採軍事化管理，請假是有嚴格規定的，金達甘願費這個周折，說明他要談的這件事情很重要了。

傅華便說：「那我儘快結束，結束後，我馬上過去找你。」

金達說了聲「那我等你」，就掛了電話。

這邊賈昊笑著說：「小師弟啊，看來你比我都忙啊。」

傅華笑了，說：「哪裡，這個金達副市長在中央黨校學習，一般在工作日不會找我的，突然找我肯定是有什麼突發事件。這頓飯我不能陪師兄你慢慢吃了。」

賈昊抱怨說：「你這傢伙，真是不夠意思，我好不容易有空想跟你聊一下，你卻這麼匆忙。」

傅華笑說：「今天是個意外，下一次我專門請師兄吃飯，向你賠罪好了。」

賈昊說：「這可是你說的。」

傅華就催服務員趕緊上菜，賈昊知道他有事，就不再勸酒，傅華匆忙吃完飯，就先離開了。

傅華見到金達的時候，金達神態凝重，似乎心中有什麼難解的問題，他上了傅華的車，說：「去駐京辦你的辦公室。」

傅華看金達嚴肅的神態，也不好問他什麼，調轉車頭就去了駐京辦。

到了傅華的辦公室，傅華給金達倒了水，然後問道：「金副市長，發生什麼事情了嗎？」

金達說：「傅華，你還真是猜對了，省裏的考核結果出來了，我竟然名列第一。」

傅華看了金達一眼，心想：你不會因為這個才匆忙約見我的吧？如果是這樣，那你也太沉不住氣了，這還只是一個考核結果，又不是最終確定由你出任市長，有必要這麼緊張嗎？

傅華便笑笑說：「那恭喜金副市長了。」

金達嘆了口氣說：「有什麼好恭喜的，這還不是最終結果。你知道嗎，傅華，這個考察結果剛一出來，我的麻煩就來了，有人給省市兩級領導發了封舉報信，說我跟蔡莉有不正當的男女關係。」

傅華愣了一下，說：「這些人的動作好快啊。誒，這個蔡莉是誰啊？」

金達說：「蔡莉是海川大酒店派來專門照顧我生活的服務員。」

傅華看了金達一眼，金達這麼緊張，難道他跟這個蔡莉真的有一腿？這可很難說，自古英雄難過美人關，當初曲煒也是栽倒在女人的石榴裙下的啊。

傅華不禁問道：「那他們舉報的是不是事實啊？」

金達惱火的看了傅華一眼，說：「傅華，你這是什麼意思？我金達是這種人嗎？」

傅華說：「金副市長，這你別怪我，我們都是男人，是男人就很有可能在女人面前控制不住自己，這倒不是我信不過你。」

金達狐疑地看了看傅華，說：「這麼說，你在外面有情人了？」

傅華一下子被說中了心事，臉騰地一下子紅了，趕忙心虛的否認說：「這我可沒有。」

金達說：「那你怎麼認為是男人就很可能在女人面前控制不住自己呢？」

傅華說：「我見過別人這個樣子的，省裏的曲煒副秘書長你知道吧？」

金達說：「知道，他原來不就是海川市市長嗎？」

傅華點點頭說：「我跟了他很多年，他是一個很正派的領導，可最後還不是在女人身上出了問題。」

「哦，難怪你會這麼說。我跟曲煒不一樣，我跟我老婆感情很好，我是絕對不幹這種事情的。」金達說。

傅華說：「那就是你跟蔡莉沒什麼了？」

金達說：「當然沒什麼了，我連她的手都沒碰過。」

傅華聽了，說：「既然你是清白的，那你緊張什麼？」

金達說：「傅華啊，你又不是不知道，這男女之間的事情是很難說得清楚的，我住在海川大酒店的時候，蔡莉為了照顧我的生活，常常會出入我的房間，這要是被有心人添油加醋的一演繹，沒事也會被說成有事的。加上東海省正在調查徐正的問題，徐正在巴黎嫖妓正在東海省鬧得沸沸揚揚，我再來這麼一段花花事，你說上面會怎麼看我啊？」

傅華倒吸了一口涼氣，金達的對手這一招確實很狠，時間點也抓得很準，他舉報的內容正是省委領導所擔心的，這麼一弄，雖然金達考核結果排第一，但也可能被棄用。

不過，傅華相信邪是不能勝正的，他給金達打氣說：「金副市長，你不要擔心，只要你問心無愧，就不會有問題。」

金達嘆了口氣，說：「我是問心無愧，可是這一次大好的機會就會錯失過去了。」

看金達語氣充滿了遺憾，傅華心說：看來金達也不是一個超脫的人，原本看他對市長這個職務並不是十分熱衷，怎麼現在突然這麼在乎起來了？

傅華笑笑說：「金副市長，你現在考核結果名列第一，已經讓人刮目相看了，不論最後事情會發展成什麼樣子，你都可以自傲了。所以我覺得你就抱著一個勝亦欣然、敗亦無憾的心態好了。」

金達看了傅華一眼，說：「傅華，是不是我這緊張兮兮的樣子看在你眼中很可笑？」

傅華搖搖頭說：「沒有啦，人們在功名利祿面前都會有些迷失的，不過就金副市長的道德修養來說，我想應該不會被這個問題所困惑吧？」

金達笑了笑，說：「傅華，跟你說實話吧，以前我常常覺得古人視功名利祿為糞土並不是很難的事，我也能做到，可是這一次，真的有這麼一個機會擺在我的面前，我就沒那麼淡泊了。當朋友告訴我，我考核結果第一，很有可能成為海川市新任市長的時候，我一下子就興奮了起來，馬上就想，如果我成了海川市的市長，我可以為海川去做什麼，我可以把海川建設得很美好，一展胸中抱負，這是多好的一件事情啊！可是今天又有朋友跟我說我被黑函舉報了，我的心一下子就沉到了谷底，心說這幾天的美好設想不過是空歡喜一場而已，心裏就堵得慌，開始坐立不安起來。看來我也只不過是一個熱衷功名的俗人而已，平日的清高都是裝出來的。」

傅華很明白金達這段時間的心路歷程，原本他以為雖然進了考察名單，卻機會不大，因此心態還算平和，那時還真是一種勝亦欣然、敗亦無憾的狀態，因為他本來就沒有多少勝出的機會。突然事情起了很大的變化，他的考核結果竟然名列第一，勝出的機率大大增加，他的胃口一下子被吊得高高的，甚至開始打算當上市長之後如何大展拳腳了，這個時候金達的心情可想而知，肯定是興奮到了一個很高的程度。

可是事情再次發生了轉折，出現了舉報信，事情再次變得勝負機率參半，這就好像一個富翁突然有可能要失去他全部的財富了，又怎麼不讓他患得患失呢？

傅華笑了笑說：「大家誰不是俗人呢？我想如果我在你現在的狀態中，我也是會坐立不安的。」

金達笑了，說：「是嗎？」

傅華笑笑說：「是啊，說不定我還不如你這麼冷靜呢。」

金達說：「傅華，你一向看事都很透澈，你對這一次舉報我怎麼看？」

傅華問：「省裏現在對這封舉報信是個什麼態度？」

金達說：「我朋友說郭奎書記很是震怒，批示有關部門一定要查明真相。我朋友說，像這種事情，以前省裏都是不當回事的，這一次郭書記要嚴查，一定沒我的好果子吃。」

傅華笑了，說：「那倒不盡然，既然郭書記要查，那就讓他查吧。」

金達看了傅華一眼，說：「你覺得查對我來說反而是一件好事？」

傅華點了點頭，說：「假的就是假的，調查之後肯定會還你清白的。所以這件事情就怕不查；不查，省裏就算推薦你出任海川市代市長，這件事情總是一根刺，郭奎書記心裏恐怕也是不舒服的。」

金達說：「那如果查的結果對我不利呢？」

傅華安慰說：「應該不會吧？不過，就算對方誣陷你，最壞的結果也就是跟你目前這個樣子差不多而已，不需要緊張吧？」

金達笑了，說：「對啊，最壞也就目前這個樣子而已，我實在沒有緊張的必要。我這麼緊張，大概是對自己的期望太高了。」

傅華笑說：「人之常情而已。」

金達感激地說：「傅華，聽你這麼說，我心裏就透亮啦。」

傅華笑笑說：「我們就靜觀其變吧，我相信現在你的對手也一樣不好過的。」

金達說：「我想他們應該是更不好過才對，畢竟我還是占了上風的。」

傅華點了點頭，說：「對啊，省委既然要調查這件事情，事情就很快會水落石出，他們會偷雞不成蝕把米的。」

第六章

政治手腕

傅華心說這不是狡猾，這是政治手腕，
一個政治高手是要懂得玩這些手腕的。
政治從來都不是黑白分明的，
一個官員如果僅僅從個人的好惡出發來處理所有的事情，
即使他是站在正義的立場上，那他也是無法站住腳跟的。

當調查人員找到蔡莉，把舉報信給她看了之後，蔡莉一下子跳了起來，說：「這是誰在胡說八道啊？這簡直是造謠污蔑。」

調查人員說：「蔡莉同志，請你冷靜一下，這麼說，這上面的事情根本不存在了？」

蔡莉說：「當然不存在了，你讓我怎麼冷靜下來啊，我還沒交過男朋友呢，這封信說我跟金副市長有不正當關係，還說我為了他墮胎，這樣子你讓我怎麼嫁人呢？我以後還怎麼找男朋友啊？」

調查人員知道通常當事人都會極力否認自己犯錯，因此對蔡莉的說法並不完全相信，試探著問道：「可是信上言之鑿鑿，這上面的事情真的一點都沒有？你可要說實話。」

蔡莉叫了起來，說：「當然是一點都沒有了，金副市長那麼文質彬彬的一個人，根本連我的手都沒碰過，你們如果不相信，我可以到醫院去檢查，證明給你們看。」

調查人員說：「這種事情不好查吧？」

調查人員認為，除了墮胎之外，金達和蔡莉發生不正當關係是很難查得出來的，估計蔡莉也知道查不出來，所以才會這麼理直氣壯。

蔡莉臉紅了一下，面帶羞意地說：「怎麼查不出來，我還沒交過男朋友，從來沒跟男人做過那種事情，更別說墮胎了。」

調查人員詫異的說：「你還是……？」

蔡莉說：「當然了，我家裏很保守的，這件事情我要求上面一定要調查到底，是哪個王八蛋這麼壞，污蔑我的貞操。」

事情就變得簡單了起來，調查人員陪同蔡莉去做了檢查，醫院的結論證實了蔡莉的清白，也證實了舉報信上的內容完全是編造的。

這件事當中包含了八點檔連續劇中，人們最感興趣的政治角力、兩性情欲等元素，頓時成了海川市政壇上一個熱門的話題，人們津津樂道的同時，都覺得舉報金達的這傢伙有夠笨的，要舉報人家也不先把謊話編圓了。

秦屯也沒想到會是這樣一個結果，雖然沒有人在他面前議論這件事情，可是他也覺得自己是有夠倒楣的，怎麼蔡莉偏偏是貞潔處女呢？這件事情只要蔡莉多少有些不檢點的行徑，金達就很難說清楚的。

現在這封舉報越發證實金達是一個好幹部，局面經過這麼一搞變得更壞了。

不過，秦屯並沒有因此就認為自己會失敗，相反，他更加有信心了，因為在他給北京許先生又匯了一筆錢之後，許先生拍著胸脯跟他保證說，某某已經跟郭奎溝通過了，郭奎打了包票，說一定會推薦他接任海川市市長的。

因此，秦屯是把郭奎拍板調查金達，作為郭奎答應了某某的一個跡象來看的，他覺得郭奎是想找點金達的錯誤出來，好把金達排除出去。現在雖然結果不太理想，可是郭奎一定不敢冒著得罪某某的危險推薦金達的。

事情已經安排妥當，秦屯靜待著結果出爐，他相信這個結果肯定會令很多人詫異，但卻會讓他很滿意的。

山祥礦業的董事長伍弈到了駐京辦，自從山祥礦業成功在香港借殼上市，伍弈只要到北京來都會去駐京辦跟傅華小聚，因此傅華對他出現並不感到意外。

傅華笑說：「伍董啊，這一次到北京來辦什麼事啊？」

伍弈說：「也沒什麼事，就是想老弟了，過來找老弟聚一聚。」

傅華笑了，說：「這麼好嗎？」

伍弈笑笑說：「看你這話說的，我來看看老弟你都不行嗎？」

傅華說：「行，怎麼不行。誒，這一次山祥礦業又有什麼事情需要我辦啊？」

伍弈搖搖頭，說：「老弟啊，你怎麼把我看得這麼功利？我就不能專門來看看你？」

傅華看了看伍弈，說：「我總覺得有些怪怪的。」

伍弈說：「你不用緊張，我就是來北京轉轉，住幾天，並不是要來辦什麼事情。」

傅華聽了說：「不錯啊，看來山祥礦業業務是上了軌道了，你這個董事長可以出來放鬆一下了。」

伍弈笑笑說：「山祥礦業本來的業務範圍就那麼多，我這個董事長在不在海川都是一樣的。既然說到了業務，老弟啊，我有些事情正好跟你商量一下。」

傅華說：「伍董有什麼事情儘管講，看看我能不能幫你出出主意。」

伍弈說：「是這樣的，你覺得現在的房地產行情怎麼樣？」

傅華看了看伍弈，說：「怎麼，伍董有意進軍房地產業？」

伍弈點了點頭，說：「我看香港一些頂級的富豪都是做房地產發家的，想來這一行肯定是利潤很高。現在我們山祥礦業上市，募集了很大一筆資金，我想給這筆錢找一個好的投資方向。你知道，山祥礦業的發展已經到了一個瓶頸，單憑礦業已經很難給企業帶來突破，所以我就想到了房地產業。」

傅華點點頭，說：「這是一個很好的想法，海川的房地產發展狀況我不是很清楚，不過這幾年北京的房價可是風生水起，也出現了一批房產界的富豪人物，所以我想這裏面肯定是大有可為的。」

伍弈說：「我對海川市的房產業初步做了一些調查，像天和房地產、海盛置業等房地產公司的毛利率都可以達到百分之三四十，現在做什麼行業能有這樣的暴利？傳統產業能有百分之十的利潤都是燒高香了。」

傅華笑說：「看來伍董早就胸有成竹了。」

伍弈說：「我只是有這麼個不成熟的想法，想跟老弟探討一下，老弟你的眼光獨到，每次跟你探討，總會讓我有通透的感覺。」

傅華笑說：「好啦，別捧我了，我吃幾碗米我心裏清楚。不過，你這投身地產業的想法我也是很贊同的，山祥礦業的業務既然已經穩定了，是應該尋找一些新的業務增長點，進行混業經營了，而房地產業方興未艾，也適合進行投資。」

兩人觀點一致，話就多了起來，伍弈又談了一些他的規劃想法，傅華也根據自己的看法給他一些參考意見。

不覺就到了中午，伍弈說：「老弟，走，我請你吃飯，感謝你給我這麼多好的建議。」

傅華說：「還是伍董自己的見解獨到，我沒說什麼的。」

伍弈笑笑說：「跟我還要客氣嗎？走走。」

傅華說：「叫上高月和小羅吧，讓他們陪你這個當舅舅的喝幾杯。」

伍弈搖了搖頭，說：「叫他們幹什麼，我們倆聊得多好啊，他們這些小輩在場，我這個當舅舅的就得端著，多不自在啊。」

傅華笑了，說：「好吧，既然你不想叫他們那就算了。」

兩人就一起離開海川大廈，去了東來順王府井飯店吃涮羊肉。

兩人邊吃邊繼續關於房地產業的話題，聊著聊著，伍弈似乎無意的提起說：「誒，老弟，金達副市長現在在黨校的學習情況怎麼樣啊？」

傅華看了一眼伍弈，笑說：「伍董啊，你做這麼多鋪墊，就是想瞭解金達副市長的情況是吧？」

伍弈笑笑說：「不是啦，我到北京，自己的父母官當然是要關心一下了，我向你瞭解一下他的情況，就是想要去黨校看看他。」

傅華說：「這麼說，這一次金達很可能接任海川市市長啦？」

伍弈趕緊說：「我就是去看看他，並不是像你說的什麼他可能接任市長。」

傅華哈哈大笑了起來，說：「伍董啊，金達副市長在北京學習也有一段時間了，你要來看他，早就應該來了，也不會等到現在了。」

伍弈也笑了起來，說：「好啦，我承認就是了，我就是因為他很可能接任市長才過來看他的。你應該知道，要進軍房地產業，缺少不了市裏面的支持，其他一些房地產公司都跟某位市領導建立了很好的關係，目前來看，就金達副市長跟這些房地產商似乎還沒有建立起聯繫來，我瞄上他就很自然而然了。」

傅華笑著說：「伍董啊，難怪你能有今天這個局面，總是能敏銳的抓住風向。你是不是判斷這次金達一定能接任市長？」

伍弈說：「我也不敢肯定，不過，金達這一次考核結果很好，就算不能接任市長，省裏出於平衡考慮，也一定會給他一個很好的安排，相信絕對不會只是一個敬陪末座的副市長了。說到敏銳的抓住風向，老弟啊，這一點上，我可是自愧不如啊，你能在別人都認為金達不行的時候，就跟金達建立起很好的關係，你這個眼光，老哥我可是佩服得很啊。」

傅華說：「我沒你想的那麼功利，我只是覺得金副市長跟我脾性很相投。」

伍弈說：「不管怎樣，你跟他的友情是建立在他的低潮期，你在低潮時期支持了他，我想他肯定對你心存感激。這種友誼比什麼都珍貴，這次他如果能接任市長，相信第一步就會提拔老弟，你前途無量啊。」

傅華笑說：「什麼啊，你想錯了，金達就是做了市長，我還會是我的駐京辦主任。」

伍弈看了看傅華，說：「老弟啊，這可是一個大好的機會啊。」

傅華說：「我習慣了北京，還是在這裏做我的駐京辦主任比較好。」

伍弈說：「哦，看來老弟是有自己的想法了。誒，先不說這個了，老弟啊，我跟金達之間並沒有什麼交集，你能不能出面幫我安排一下，跟他在一起坐一坐？」

傅華開玩笑說：「你不是說這次是專門來看我的嗎？」

伍弈不好意思說：「是專門來看老弟的，不過順便陪陪領導吃飯也不是不可以嘛。老弟，你就幫我一下忙吧。」

傅華說：「這個我可不敢貿然答應你。金達副市長這個人是很有個性的，我可不敢幫他答應什麼。」

伍弈說：「那你幫我跟他問一聲總可以吧？」

傅華想了想，說：「這個倒是可以，回頭我可以把你想要見他的意思轉達給他。」

伍弈笑說：「老弟你夠意思，來，我敬你一杯。」

傅華端起酒杯，跟伍弈碰了一下，兩人一飲而盡。

喝完酒，伍弈和傅華回到海川大廈，伍弈就在海川大廈開了間房住了下來，他要等看傅華跟金達聯繫的情況，如果金達答應見面，他需要等到週末才能見到金達了。

傅華安頓好伍弈，回到辦公室，剛坐定，門就被敲響了，傅華喊了一聲進來，便看到海盛置業的老總鄭勝走了進來。

傅華愣了一下，他跟鄭勝並不是很熟悉，只是在他還是曲煒秘書的時候見過幾次，鄭勝當時跟秦屯走得很近，而曲煒對秦屯又很反感，因此傅華跟鄭勝並無深交，只是認識而已。

鄭勝的海盛置業在北京並沒有什麼業務，跟駐京辦基本上不打交道。鄭勝突然出現在駐京辦，還真是讓傅華感到意外，不過他心中大致猜到了鄭勝的來意，估計也跟伍弈一樣，是預先來討好可能即將成為市長的金達的。

傅華笑著迎了上去，說：「稀客啊，什麼風把鄭總給吹來了？」

鄭勝跟傅華握了握手，說：「我是來北京有點事，就過來駐京辦看看，沒想到啊，傅老弟，你真是本事啊，把駐京辦搞得這麼漂亮氣派。」

傅華笑笑說：「鄭總誇獎了，快坐。」

鄭勝和傅華就去沙發那裏坐下，傅華問：「什麼時間過來的？」

鄭勝說：「剛到，我打算住在駐京辦這兒，沒什麼不方便的吧？」

傅華笑說：「看鄭總這話說的，海川大廈本來就是我們海川人在北京的一個家，鄭總來當然歡迎了，更何況，這裏也是開門做生意的，鄭總能光臨也是我們的榮幸。誒，你的入住手續辦好了嗎？沒有的話我陪你下去辦一下。」

鄭勝笑笑說：「傅老弟真會說話。入住手續我還沒辦，我是先來看老弟的。」

傅華說：「哦，是這樣啊，要不我先陪你去辦一下？」

鄭勝說：「不急，我們先坐著聊聊天好了。」

傅華看了看鄭勝，說：「行啊，等一會兒我再陪你下去。誒，鄭總這次到北京來有什麼事情啊？」

鄭勝說：「老弟既然這麼問，那我就開門見山了，我來是想求老弟一件事，金達副市長不是在中央黨校學習嗎？老弟能不能幫我安排一下，我想去看看他。」

果然是衝著金達來的，傅華雖然印證了心中的猜測，但還是有點詫異，這個鄭勝向來是與秦屯走得很近的，秦屯也是這一次海川市長繼任人選的有力競爭者之一，這傢伙怎麼會背棄自己的主子，反而來看望敵對的一方呢？

傅華不知道的是，鄭勝這次來北京，是瞞著秦屯過來的，讓他來的人是劉康。劉康已經敏感的意識到，秦屯這次競爭市長可能會失敗，因此不想再把賭注完全押在秦屯身上，因為如果是這樣，秦屯失敗，他和秦屯必然會成為新市長的對立面，那肯定不利於自己新機場項目的建設。為了日後跟海川市政府打交道會順利，劉康就很迫切的希望跟金達扯上關係，算是私通款曲也好，兩面討好也好，反正他不想得罪金達。

劉康本來想要自己到北京來跟金達套交情，可是當他知道金達在北京跟傅華私交不錯之後，他就覺得自己來有些不合適了。

劉康知道，因為吳雯的事情，傅華恨他恨得要死，估計金達會因為傅華而不肯見自己。想來想去，劉康就派了鄭勝這個跟傅華和金達之間並沒有什麼過多交集和衝突的人來北京，想要預先通過鄭勝，跟金達建立起某種聯繫，以便於日後關係的處理。

傅華笑笑說：「這麼巧啊，剛才跟山祥礦業的伍董一起喝酒，他也提起過要去看望一下金副市長呢。」

傅華知道這兩個人都入住海川大廈，目標都是金達，所以很有可能會遇到，索性先說開了。

鄭勝愣了一下，說：「伍弈也來了？」

傅華說：「是啊，他也住在海川大廈。」

鄭勝笑說：「這傢伙，來也不跟我說一聲。誒，傅老弟，你答應他安排見金副市長了嗎？」

傅華說：「我答應有什麼用啊，見不見你們，這要金副市長自己決定，回頭我跟金副市長說一聲，看看他是什麼意思。」

鄭勝說：「那就麻煩老弟了。」

兩人又聊了一會兒，傅華就陪著鄭勝下去辦了入住手續。

晚上，傅華撥通了金達的手機，金達接通了，傅華立刻說：「金副市長，我要恭喜你了。」

金達納悶地說：「我有什麼好事嗎？」

傅華笑笑說：「看來你很可能要成為海川市的新市長了。」

金達嚴肅了起來，說：「別亂開玩笑，這個是上面決定的事情，不能兒戲。」

傅華說：「我只是說很可能，又沒說一定。」

金達問：「你憑什麼這樣認為啊？」

傅華說：「商人往往是對政治風向把握得最準的，現在海川市的兩個大老闆都跑到駐京辦來，跟我提出要來看一看在北京辛苦學習的金副市長，你說是不是對你很有利啊？」

金達說：「這兩個大老闆都是誰啊？跟我很熟嗎？」

傅華笑說：「跟你熟的話，他們就不會來找我了。一個是山祥礦業的伍弈，一個是海盛置業的鄭勝。我跟你說，這個鄭勝可是跟秦屯走得很近的人物，他來看望你，可是別有意味啊。」

金達笑了，說：「什麼別有意味，這傢伙是想兩面討好罷了。」

傅華說：「我也是這麼想的，現在他們的意思我都通報給你了，你見是不見啊？」

金達笑笑說：「見他們幹什麼？聽他們吹捧一番嗎？」

傅華說：「我倒覺得不妨一見。」

金達愣了一下，說：「傅華，你這是什麼意思？難道說，你要我像徐正那樣，跟某些大老闆走得很近，成為為他們謀取利益的工具嗎？」

傅華說：「不是啦，我是覺得雖然一個領導幹部不應該去傍什麼大款，可是也不能跟商人們很疏遠。這些多少獲得一些成功的企業在經濟發展當中，是可以發揮很大作用的，運用得當的話，他們會成為你的助力的。特別是你在海川並沒有什麼根基，真要成為海川市長的話，沒有人幫你，你的工作是很難開展的。」

金達說：「你的意思是說，要我被他們利用？」

傅華笑了，說：「金副市長，你說反了，資源的分配權是掌握在政府手裏的，你才應該是主導的一方，只要他們的行為合法，你何妨不利用一下他們呢？所以你沒必要還沒成為市長，就先去得罪他們兩個。」

金達沉吟了一會兒，說：「傅華，你覺得我可以見他們嗎？」

傅華說：「見見也無妨啊，只不過要多安撫他們，不要輕易許諾什麼給他們。」

金達笑了，說：「你好狡猾啊，傅華。好吧，如果他們能等得及，這個週末我就跟他們一起吃頓飯吧。」

傅華心說這不是狡猾，這是政治手腕，一個政治高手是要懂得玩這些手腕的。政治從來都不是黑白分明的，一個官員如果僅僅從個人的好惡出發來處理所有的事情，即使他是站在正義的立場上，那他也是無法站住腳跟的。

週末，傅華去黨校把金達接到了海川大廈，伍弈和鄭勝都等在海川大廈的門口，金達一下車，兩人便迎了過去。

金達跟伍弈和鄭勝都認識，就不需要介紹，跟兩人握手，說：「這怎麼好意思，讓兩位大老闆在這裏等我。」

伍弈笑了笑，說：「應該的，我和鄭總本來是想到黨校去看望金副市長的，可是黨校那地方戒備森嚴，又怕給金副市長造成不好的影響，所以只好在海川大廈等您了。」

鄭勝也說：「是啊，本來是應該去看望您，卻要害得您跑來跑去，我們出來等一下也算是贖罪吧。」

金達笑說：「兩位真是太客氣了，謝謝兩位對金達的關心了。」

寒暄完畢，眾人就一起走進了海川大廈，由於時間尚早，就先去了傅華的辦公室。

坐定之後，傅華給三人倒了茶，伍弈先開口說：「金副市長，在黨校的學習是不是很辛苦啊？」

金達點了點頭，說：「中央黨校就是中央黨校，觀點新穎前衛，學習的知識量很大，不敢稍有疏忽啊。」

鄭勝笑笑說：「中央黨校這個名字聽起來就有一種很神聖的感覺，想來在裏面學習的，都是很高級別的官員了？」

金達回答說：「是有很高級別的官員，不過到了黨校裏面都是學員，大家都是平等的。」

伍弈和鄭勝都嘖嘖稱讚。

金達對伍弈說：「伍董啊，你的山祥礦業最近怎麼樣啊？」

伍弈說：「我正想把礦業的情況跟金副市長彙報一下呢，現在發展的還不錯，剛剛利用公司上市募集的資金完成了技術改造，生產效率得到了很大的提高。」

金達說：「伍董，不要這麼客氣，說什麼彙報啊，你和鄭總兩位是作為朋友來看我的，我們就是朋友聊聊天，可不要把我當什麼副市長啊。」

傅華對金達這麼說暗自豎了一下大拇指，這句話說得真是恰到好處，一方面，金達成為海川市市長現在還停留在可能的層面上，還沒成為事實，這時候不適合以領導的身分自居；另一方面，把鄭勝和伍弈定位成朋友，適度的表現出一種親切，也會讓伍弈和鄭勝感到金達平易近人，並沒有拒絕接受他們來看望自己的好意，甚至還在一定程度上表現出感謝，這很自然會讓伍弈和鄭勝感到這一趟北京之行並沒有白來。

伍弈果然感到十分受用，笑說：「沒想到金副市長這麼看得起我們，拿我們當朋友，我伍某人是一個粗人，不知道該怎麼表達我的心情，反正，今後只要用得到我伍某人的地方，金副市長只管言語一聲，我一定竭盡全力幫你辦到。」

鄭勝也笑著說：「是啊，我現在的心情跟伍董一樣，我也是一個大老粗，不會說什麼好聽的，我只想說，金副市長既然拿我們當朋友，那我們就不會辱沒了朋友這兩個字。」

金達搖了搖頭，說：「兩位可不要太輕賤了自己，伍董是上市公司的董事長，這我就不必說了，鄭總的海盛置業這些年來在海川搞了多少建設啊，還參與了海川市新機場的工程，兩位都是海川經濟建設中的功臣，某些方面我金達也是自愧不如的。」

鄭勝高興地說：「原來金副市長對我們海盛置業這麼熟悉啊！還知道我們現在正在進行的項目呢。」

金達笑笑說：「當然了，你們海盛置業在海川市經濟建設當中發揮了重要作用，我就是想不熟悉都不可能啊。」

鄭勝說：「說到海川新機場的工程，我這次來之前，是跟海川新機場項目的承建人康盛集團的劉康劉董打過招呼的，他聽我說要來看望金副市長，便說他是北京人，公司總部又在北京，金副市長在北京學習他也應該來看望一下，可惜目前新機場工程正進行到關鍵的時刻，他一時難以走開，就無法跟我一起來了。不過，劉董說了，要我替他問候您，也為他不能來北京看您跟您說一聲抱歉，還說您在北京如果有什麼需要，儘管說一聲，他會安排康盛集團在北京的工作人員幫您辦的。」

鄭勝提到劉康，金達不由得轉頭看了傅華一眼，他知道傅華車禍的事可能與劉康有關。按說鄭勝既然替劉康帶了問候來，金達就應該禮貌性的說些感謝的話，可是他怕自己說了感謝的話，傅華會因此而受傷害，因此一時不知道該如何回應鄭勝了。

傅華聽鄭勝這麼說，心裏頓時明白鄭勝這次來是受了劉康的指派，來探探金達對他的態度的，心說劉康不愧是一隻老狐狸，知道腳踩兩條船，這樣即使金達在海川市市長競爭中勝出，也不會因為他曾經支持秦屯而對付他。

傅華看到金達在看自己，知道金達因為自己而感到為難，他並不想金達跟劉康產生衝突，起碼也不是現在，因為金達即使成為海川市的市長，也必需面對很艱困的局面，傅華可不想他一上來就四處樹敵，那樣工作開展可能會寸步難行。因此即使只是表面的和氣，也是需要維持的。

傅華便笑著說：「看來金副市長在海川的工作做得十分扎實，建立了很好的人緣，連康盛集團這樣的公司都在牽掛著您啊。」

金達看了看傅華，確信傅華不是在說反話，知道他是想要自己逢場作戲下去，就說：「哪裡，這是劉董客氣了。鄭總啊，我在北京就是學習，也沒什麼特別需要的，不過，你回去還是替我跟劉董說聲謝謝，讓他費心了。」

場面就圓了下來，鄭勝見金達和傅華都沒有對劉康表現出明顯的反感，心裏也很高興，這起碼表明金達似乎並沒有和傅華完全站在一起。

談話就在這種相互吹捧、相對客氣的氛圍中和諧的進行著。由於局勢現在還不明朗，雙方的談話都是不著邊際但卻是很友好的。

不覺就到了中午，鄭勝和伍弈想請金達出去吃飯，原本伍弈和鄭勝都想私下對金達有所表示，可是因為不是跟金達獨處，不得不打消念頭，就想邀請金達去吃一頓好的，也算有所表示。

金達卻說：「到了駐京辦這裏，我們再到別的地方吃飯，傅主任會對我們有意見的。我看這裏的海川風味餐館就很好，我這段時間還真是很饞海川的海鮮，中午就在這裏吃吧，不要到別的地方去了。」

伍弈和鄭勝還想再勸金達，傅華見金達不想到別的地方吃，便笑著說：「兩位是嫌棄我們駐京辦了？」

金達順勢說：「你看，傅主任有意見了吧，好了，兩位不要再說了，就在這裏吃吧。」

伍弈和鄭勝就不好再勸了，幾人一起去了海川風味餐館。

席間，金達對伍弈和鄭勝來看望自己表示感謝，敬了兩人一杯，兩人也回敬了一杯。喝完之後，金達說自己在黨校學習，不能喝得太多，就到此為止。鄭勝和伍弈知道金達說的是事實，也就沒再勸金達喝酒。

吃完飯之後，金達就要回黨校了，鄭勝和伍弈將他送到了海川大廈門口，金達用力的跟伍弈和鄭勝握了握手，再次表示了感謝，這才上了車離開。

在車上，金達問說：「傅華，你覺得我今天的表演還行嗎？」

傅華笑了，說：「金副市長，這不是表演，這就是你的工作。」

金達說：「這種虛與委蛇的行為算是什麼工作啊？」

傅華說：「我講個故事給你聽吧，你知道吳起這個人吧，史記上說，吳起做將軍時，和最下層的士卒同衣同食。睡覺時不鋪蓆子，行軍時不騎馬坐車，親自背乾糧，和士卒共擔勞苦。士卒中有人生瘡，吳起就用嘴為他吸膿。這個士卒的母親知道後大哭起來。別人說，你兒子是個小兵，將軍親自為他吸取瘡上的膿，你為什麼還要哭呢？母親說，不是這樣。往年吳公為他父親吸過瘡上的膿，他父親作戰時就一往無前地拼命，所以就戰死了；現在吳公又為我兒子吸瘡上的膿，我不知他又將死到那裏了，所以我才哭。我想吳起肯定不是有嗜痂之癖，他為士卒吸膿就是一種表演，只有這樣表演，士卒才能為他拼命。」

金達不禁笑了，他是一個很有抱負的人，當然也想在海川市做出一番成績來，因此馬上就領會了傅華的意思。

金達說：「好了，你不用引經據典了，我知道你的意思了。誒，傅華，你說這一次鄭勝來北京，是不是劉康派他來探探我的態度的？」

傅華點了點頭，說：「我覺得是。劉康肯定是覺得你的勝算大於秦屯，就轉過頭來想對你示好了。」

金達又說：「那你覺得如果我真的當上了這個市長，我要如何對待這個劉康呢？你知道嗎，我在徐正市長還在的時候，就感覺這個劉康和鄭勝有些問題。」

傅華笑說：「如果你真的當上了市長，新機場項目並沒有什麼問題，那你就不能對劉康怎麼樣；相反，我倒認為你應該好好籠絡劉康，讓他把海川新機場建設好。」

金達看了看傅華，說：「傅華，你說的是真心話？我可知道你心裏是很恨劉康的。」

傅華笑笑說：「那是另一回事，就算我恨劉康，也不能沒有緣由的就去對付他，他現在掌握著海川新機場項目工程，海川上下都在看著，貿然的去動他，反而可能影響到海川市新機場項目，這對你並不利。」

金達嘆說：「投鼠忌器啊，我也覺得劉康手握著海川新機場項目，一時很難去對他怎麼樣。傅華，你不會覺得我這個人不夠意思吧？」

傅華笑笑說：「你不要顧慮我的感受，我倒是很高興你能開始從一個市長的角度去考慮問題了。」

金達聽了，笑說：「說實話，傅華，我現在心中有些誠惶誠恐的感覺，你說上面如果真的把市長交給我來幹，我能做得好嗎？」

傅華說：「我認為你肯定能做好，我覺得你具備了成為一個好市長的素質，有眼光，有擔當，有正義感。」

金達笑了，說：「我有這麼好嗎？」

「當然。」傅華回答。

金達望向了車窗外，充滿感性地說：「如果我真的成為海川市的市長，我一定會好好幹的，不辜負你對我的這番信任。」

省委常委會上，組織部長公布了對海川市市長繼任人選的考核結果，之後郭奎談了他的看法，他首先稱讚了金達高度的原則性，金達幾次跟徐正的錯誤行為作抗爭，對一個作為徐正下屬的同志來說，金達能夠做到不畏權勢，只問是非，真是難能可貴的。其次，郭奎又對金達在黨校期間能夠不忘本職工作，深思熟慮之後提出海川市的海洋發展戰略進行了表揚，說金達這一份海洋發展戰略很有前瞻性，甚至對東海省都有很好的借鑑意義。

郭奎說到這裏，代省長呂紀插了一句話，說：「郭書記說的是，省政府現在就是在以金達同志的海洋戰略報告作為基礎，起草東海省的海洋發展戰略呢。」

接著，郭奎也談到了金達身上的不足，特別點到了金達基層工作時間較短，經驗稍顯不足，不過，郭奎認為這是可以在實際工作當中予以補強的，因此更應該多給金達這樣優秀的同志一個鍛煉的機會。

郭奎講完，呂紀接著談了他的觀點，他基本上同意郭奎對金達的看法，也支持金達成為新一任的海川市市長。

其後，陶文也表態支持了金達，幾個重要領導態度這麼鮮明，常委會就形成了一面倒支持金達的態勢，因此在表決的時候，金達得以全票通過，常委會向海川市人大推薦金達接任海川市市長。

與此同時，對徐正的調查也告一個段落，可能是徐正生前對自己的行為掩飾的很好，也可能是因為中國人向來認為死者為大，一死百了，不願意對死者太過於為難，調查小組並沒有深入調查，因此，除了徐正在巴黎的嫖妓行為之外，沒有證據表明徐正還有其他不法行為。

一場調查活動就這樣雷聲大雨點小的結束了，徐正這個名字除了在人們茶餘飯後的八卦中出現之外，便逐漸在海川政壇消失了。

正在黨校上課的金達被叫到了校領導辦公室，在那裏，校領導通知金達，根據東海省省委常委會的決定，他已經被任命為海川市代市長，東海省委要求他中止學習，馬上趕回東海省委，省裏要跟他談話。

金達便回宿舍收拾東西，學校已經幫他預定了機票，他將於明天飛回東海省。

手機開始不斷的響了起來，打來的人都向金達表達了祝賀，恭喜他成為海川市的代市長，包括省裏他的一些朋友，以及海川市政商兩界的一些頭面人物。

這些人在電話裏表現出了難以言表的興奮，就好像成為代市長的是他們，而不是金達。金達心裏感覺有些怪怪的，甚至感覺有點好笑，他沒想到願望達成時會是這樣一種感覺，更沒想到人們在他成為代市長的時候會是這樣一種表現。

曾幾何時，他從海川市被排擠出來時，除了妻子和傅華之外，幾乎沒有人還想著他這個副市長在北京讀書，更沒有人打電話來問候他的近況，因此驟然變得這麼熱門起來，金達還真是從內心裏感到很不習慣。

在紛至遝來的電話中，唯獨沒有傅華，這讓金達心中有些鬱鬱，他今天能成為這個海川市的代市長，傅華給了他很大的助力，他現在很想好好地跟傅華談一談，想聽取一下傅華對他如何開展工作的建議。

原本他滿腦子都是自己當上了市長後要如何如何去做的打算，可是當他真成了市長這一刻，他卻覺得眼前千頭萬緒，不知道該如何去邁開第一步了。

金達便想去駐京辦當面跟傅華談一談，可是他還沒收拾完東西，便有黨校的同學陸續過來向他表示祝賀，來給他送行。這些同學都是來自各行各業的精英人物，未來都是有力的人脈資源，他必須應酬他們，因此無法離開。

金達只好打個電話給傅華，他要離開北京，總要跟傅華說一聲的。

傅華接了電話，笑著說：「恭喜您了，金市長。」

金達說：「還是代市長，不是市長。傅華，你知道了？」

傅華笑笑說：「市裏面剛通知駐京辦，要我們駐京辦安排好金代市長的離京事宜，我正想要打電話給您呢。」

金達說：「那正好，明天你來送我去機場吧，我正想跟你聊聊。」

「本來我就是想要送您的。」傅華答應道。

第七章

職業掮客

許先生曾經也以類似的手法騙過別的官員，
事後，許先生發現那些官員被騙了也就被騙了，
卻沒有一個敢站出來說自己因為買官被騙的，
一切風平浪靜，就好像什麼都沒發生一樣。
這一次會不會秦屯也是這樣呢？

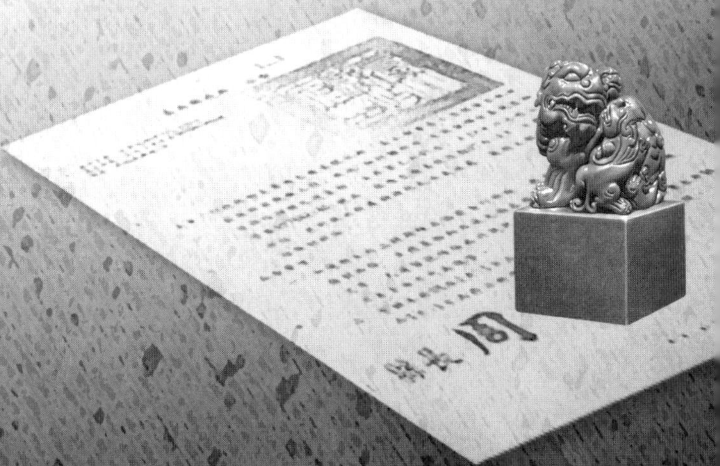

第二天上午，傅華去黨校接了金達。

金達上了車，神態之間略帶疲憊，說：「這一晚鬧得我都沒好好睡覺。」

傅華問說：「怎麼了？」

金達說：「班上的同學說要給我祝賀加送行，在我宿舍鬧騰了一晚。」

傅華笑著說：「那您在車上休息一下吧，我儘量把車開得平穩一些。」

金達搖了搖頭，說：「我現在這個狀態又怎麼能睡得著啊，傅華，我一下子覺得肩上的擔子重了很多啊。」

傅華說：「那是自然，您的位置更重要了嘛。」

金達注意到傅華對他的稱呼從你已經變成了您，不由得看了傅華一眼，說：「傅華，我只是做了代市長，並不是變了個人，你似乎不需要跟我這麼生分吧？」

傅華笑說：「怎麼了？」

金達說：「不要開口閉口您您您的，我們的年紀差不多，你以前稱呼我為你，就很好，沒必要變成您。」

傅華笑了笑，說：「哦，是這樣啊，我不自覺就改了稱呼，不過，這也是我對您的一種尊重，不然看在別人的眼中，會覺得我傅華太狂妄了。」

金達搖了搖頭說：「傅華，我們之間真的不需要這樣，今後也許很多人會稱呼我為您，可是他們並不是從內心當中尊重我，他們尊重的只是市長這個官位。我們之間不需要這種虛假的客氣，還是像我們當初那樣相處比較自在。」

傅華說：「不管怎麼樣，您現在已經在這個位置上了，日後您也會聽到很多對您的尊稱，怕到那時候我再稱呼你，就有點彆扭了。」

金達看了看傅華，說：「你真要跟我搞這種形式嗎？」

傅華點點頭，說：「這個形式還是要講的，不過，我可是真心尊重您的。」

傅華這也是從他跟徐正相處的那段時間當中悟出來的一個道理，那就是領導們因為身處高位，便會喜怒難測，其實當時他對徐正是真心想要幫忙的，可是卻在不經意之間得罪了徐正，讓徐正很長一段時間都看他不順眼。

這不但對他不利，也對駐京辦的工作不利。所以傅華想跟金達這位新一任的市長謹慎相處，即使他曾經在金達最低潮時給了金達很多的支持。

儘管他自認為對金達很瞭解，但人都是會變的，金達在副市長時期是一個心態，當他成了海川市主政者時，會是另外一種心態；在這種狀態下，傅華覺得他越發應該放低姿態，不要給金達留下一個居功自傲的印象。

金達真心地說：「傅華，你對我怎麼樣，我心裏是很清楚的，好了，既然你非要搞這個形式，我也不管你了。誒，傅華，我驟然接了市長這個位置，心中一點底都沒有，你能不能跟我講一下，我第一步該怎麼做啊？」

傅華笑說：「這個我還真不好說。」傅華自認為他一個駐京辦主任，實在不應該去指點一個市長該如何去做的。

見傅華含糊其詞，金達有些惱火了，說：「傅華，你什麼意思啊，我是真心想要問你的意見，你就這麼應付我啊？我當了這個代市長，難不成我們連朋友都做不成了？」

傅華解釋說：「不是啦，我也沒當市長的經驗，真是不知道該從何說起啦。」

金達抱怨說：「你就當是朋友聊天，彼此之間討論一下不行嗎？」

傅華說：「行，行，那我就壯著膽子說了。我是覺得您下車伊始，倒也不要急著去幹什麼，多看少說，多栽花，少栽刺。」

金達說：「你要我做太平官？傅華啊，你可是瞭解我的，我可不想做一個平庸的市長。」

傅華笑了，說：「我只是說現階段，現階段您還是一個代市長，可以多看看，多思考一下，站穩腳跟為主，什麼都可以等您的代字去掉時再說。」

傅華覺得，金達在執政方面是欠缺經驗的，他不同於曲煒，曲煒成為市長之前，已經在海川市副市長位置上歷練多年，累積了豐富的經驗和人脈，因此主政海川市時便如魚得水，正可以把他歷年對海川市市政建設的一些看法付諸實施。

同時，金達也不同於徐正，徐正在來海川市之前，早就是一個主政一方的市長了，而且是因為他主政的成績卓著才被拔擢為海川市市長的，因此徐正做起海川市市長來，並沒有實質性的困難，他自己知道應該怎麼去做。

金達則完全是一個生手，他成為海川市副市長的時間很短，傅華對金達能否做好這個市長，心中是沒底的。這可不是寫寫報告就可以搞好的，金達將要面對很多複雜的局面，包括各種利益的糾葛、各種矛盾的衝突，這對他是一個莫大的考驗。因此傅華希望金達應該先試一下海川這灣水的深淺，之後再來施展自己的抱負。

金達點了點頭，說：「這倒是，人代會召開也沒多長時間了，我倒是可以利用這段時間認真思考一下。」

見金達接受了自己的建議，傅華笑了笑，沒再說什麼。

雖然金達強調他們是朋友，不需要拘束一些形式上的禮節，但是金達畢竟是代市長，這在很多人眼中已經是高官了，會給人心理上造成一定的壓力。傅華也不能免俗，他也不敢再像以往那樣，在金達面前指指點點了。

沉默了一會兒，金達說：「傅華，我這次回去，要面對的將是一個很困難的局面，你能不能回海川幫我啊？」

傅華笑了笑，說：「我不是早就跟您表明態度了嗎？」

金達說：「我知道，你想要留在北京，可是你要知道，你已經是駐京辦主任了，留在北京，不會再有什麼進步，如果回到海川，張琳書記一直都很欣賞你，我就不用說了，未來你的發展空間將會很大的。你是不是再認真考慮一下？」

傅華笑說：「我的家已經安在了北京，如果回海川，老婆非跟我離婚不可的。」

金達聽了，說：「你如果擔心趙婷那邊，我可以幫你做做工作嘛，我覺得你老婆這個人挺好說話的，她嫁雞隨雞，大可以隨你到海川去的。」

傅華本來是想用趙婷作藉口，將金達搪塞過去，沒想到金達竟然動了說服趙婷去海川的念頭，趕忙說：「還是不要了，說實話，這些年我在駐京辦已經散漫慣了，不再習慣回到市政府裏面去受管束。你讓我回去，相信沒多久就會有人反映我這個那個的，我就不回去給你添堵了。」

金達仍勸說著：「傅華，我看你胸懷之中也是有不少抱負的，跟我回去，你會有一個更大的舞臺的。」

傅華說：「舞臺大了，麻煩也就多了，我不習慣被人拿到放大鏡下面去檢視，就像您這一次競爭市長一樣，還沒怎麼樣，舉報信就四處亂飛了，我可沒這樣的度量去應對。您還是不要勉強我了，我在駐京辦這兒也可以幫市裏面做很多事情的。」

金達搖搖頭，說：「真是拿你沒辦法，很多人都求之不得的事，你卻根本不在乎。」

傅華笑了，說：「我已經過了渴望出將入相的年紀了，這些對我來說，並不算什麼。」

金達說：「你才多大啊？就說這樣喪氣的話。」

傅華說：「您應該知道，我因為母親的病，曾經在曲煒手下做了八年的秘書，這八年的時間給了我充足的思考空間，讓我可以淡泊的去面對一切。現在我很習慣在北京的生活，不想做什麼改變了。」

金達只好說：「隨便你了，不過你記住，如果你想換跑道了，跟我說一聲。」

金達當天就飛到了東海省城齊州，第二天他去了省委，郭奎親自跟他談了話。

金達首先向郭奎感謝了上面對他的信任，說自己接到這個任命通知之後，心裏是惶恐萬分，深怕無法幹好這個市長，從而辜負了組織的信任。

郭奎笑了笑，說：「金達同志，你有這個心態是很好的。跟你說，我當初接任這個省委書記時，心情跟你現在一樣，也是誠惶誠恐，如履薄冰的。」

金達說：「郭書記您說笑了，您各方面的經驗勝過我十倍百倍不止，又怎麼會跟我一樣呢？」

郭奎笑笑說：「我沒跟你開玩笑，我是說我們的心態是一樣的。作為一名黨的幹部，就是應該時刻擔心不能做好上面交代給自己的工作；有了這種心態，你才能認真謹慎的去面對工作，也才能幹好工作。」

金達點了點頭，說：「我明白郭書記您的意思了，我一定會認真謹慎的去對待上面交給我的這副重擔的。」

郭奎說：「那就好。跟你說實話，秀才啊，我對選擇你來接任海川市市長是有些顧慮的，尤其是對你實踐能力方面有所擔心。但是你也有你的優點，你的戰略眼光很不錯，你寄給我的那份海洋戰略報告很有參考價值，呂代省長和我都覺得應該給你一個磨練的機會。所以，我希望你接任海川市市長之後，還是要多跟市裏面的老同志學習，不要以為成了市長啦，就高人一等了。」

金達說：「我會謙虛的跟基層的同志學習的。」

郭奎說：「另一方面，徐正同志在主政海川市期間，獨斷專行，犯了不少錯誤，尤其是最後竟然發生在巴黎嫖妓的醜聞，給海川市政府抹了黑，這方面希望你以他為戒，要多聽同志們的意見。你的個人行為也要檢點一些，早點把家安到海川去吧，不要再住什麼賓館了。這一次是你幸運，那個賓館的服務員自身形象端正，不然的話，你能解釋清楚跟她的關係嗎？你今後的擔子更重了，也更應該注意防範一些瓜田李下的嫌疑。」

金達點點頭說：「今後我會注意的，郭書記。」

談話進行到這裏，郭奎臉上露出了笑容，他伸手拍了拍金達的肩膀，說：「秀才啊，公平的說，你這段時間確實幹得很不錯，我還是很滿意的。繼續努力吧，我可是一直都看好你的。」

金達心中很感動，一直以來，郭奎對他都很支持，沒有郭奎，也就沒有今天的他，他挺直了腰板，說：「請郭書記放心，我一定不辜負您的期望。」

郭奎高興地說：「這就對了。」

金達這邊心滿意足了，可秦屯那邊就是另外一番心情了。

起初有省裏的朋友跟秦屯說，常委會上，郭奎表態支持金達，秦屯還以為這個朋友弄錯了，許先生明明跟他說了，某某已經跟郭奎溝通好了，郭奎一定會支持他接任海川市市長的，怎麼又會在常委會上支持金達了呢？肯定是弄錯了。

到這個時刻，秦屯心中還抱著一線希望，可是等金達出任海川市代市長的任命公佈之後，這一線希望就完全破滅了。

這對秦屯是一個沉重打擊，任命公佈那一天，秦屯都沒心情留在辦公室裏了，他讓秘書推掉了一切行程，回家在床上躺了一天。

這已經是秦屯第二次競爭市長敗北了，更要命的是，失去了這次的機會，他就再也不會有機會成為市長了。

躺了一天之後，秦屯恢復了些理智，心中便對北京的許先生開始產生了懷疑。

如果第一次自己的市長被徐正奪走，許先生的說法還能解釋得過去的話，那這一次金達的勝出，許先生的說法就完全站不住腳了。

秦屯並不是笨人，他能做到一個副市級的官員，本身也是有些頭腦的，他將自己跟許先生打交道的前後經過認真的想了想，越想就越覺得許先生很可疑。

他以前從來沒對許先生動疑過，因此很多細節都忽略了。特別是自己成功當上了市委副書記，更是讓他對許先生有了一種盲目的信賴。不過現在想一想，自己能當上市委副書記，可能根本就與許先生沒有任何關係，而是省委副書記陶文幫的忙。

想到自己把功勞都記到了許先生身上，對陶文的感謝卻那麼敷衍，秦屯心中便有些慚愧的感覺，特別是這次陶文已經明確告訴自己，他沒有機會接任海川市市長的時候，秦屯臉都羞愧的紅了。

看來從頭到尾許先生這人就是一個騙局，自己前前後後被騙了有幾百萬了，秦屯不由得心痛起來，這幾百萬自己要幫別人辦多少事才能弄得到啊，卻被許先生嘴皮子輕輕動幾動，就變成他的了。

最可惡的是，因為許先生滿口跟自己打包票，讓自己以為穩操勝券，便放棄了向別的人尋求幫助，最終失去了這一次大好的機會。

秦屯本以為自己是市長人選第一順位的競爭者，這次機會的失去，讓他對許先生更加恨之入骨。秦屯自然不甘心上這種惡當，當他想清楚來龍去脈的那一刻起，便開始思索要如何去報復許先生。

秦屯第一時間就想到了劉康，雖然劉康並沒有在他面前提過他在北京的勢力如何，但是秦屯從隱隱約約聽說過的一些事情當中已經猜測到，這個劉康絕非簡單的人物。特別是傅華前段時間在北京出車禍這件事，據傅華指控，這場車禍完全是劉康一手操縱的。但是即使這樣，警方最後也無法證實就是劉康做的，只能放任劉康逍遙法外。

這樣一個人物，能力深不可測，北京又是他的根據地，秦屯相信劉康一定有辦法對付許先生的。

秦屯就找到了劉康，劉康對秦屯落選海川市市長並不意外，事態當時的發展早已讓他判斷出金達會勝出，他知道人有時候走的就是一個時運，時運既然不屬於秦屯，他就是去指責秦屯也是沒有用的。

秦屯說：「不好意思啊，劉董，我這一次沒能爭得過金達。」

劉康笑笑說：「沒什麼，秦副書記，勝敗乃兵家常事，不要放在心上。」

秦屯說：「這一次花了你那麼多錢，還沒辦成事，真是抱歉。」

劉康安慰說：「錢是小事，花了可以再賺嘛，算了，不要再去想這件事情了。」

秦屯忿忿地說：「不是的，劉董，這一次我感覺自己被北京的許先生給騙了，那麼大一筆錢，就這樣給騙走了，我真是不甘心呢。」

劉康詫異地說：「你確信北京的那個許先生是在騙你嗎？」

秦屯點點頭，說：「我可以確信，這次姓許的明明告訴我，某某已經跟郭奎打好了招呼，可是我得到的消息卻是，在常委會上，郭奎一開始就定了支持金達的調子，根本沒我什麼事。你想某某是什麼人啊，他如果真要跟郭奎打好了招呼，郭奎會為了一個小小的金達得罪某某嗎？」

劉康聽了，說：「這麼說，這個姓許的還真是有問題。」

秦屯氣說：「這傢伙真是太混蛋了，壞了我的事不說，還騙了我一大筆錢。這口惡氣不出，我真是很不甘心啊。劉董，我聽說你在北京很有能力，能不能幫我把這口氣給出了？」

劉康看了看秦屯，他倒是可以去對付姓許的，可是關鍵是值不值得。現在對付姓許的，頂多就是拿回一筆小錢而已，對自己其他方面並沒有什麼幫助。同時，姓許的能在北京招搖撞騙這麼多年，也不會在北京一點根基都沒有，要對付他，恐怕也是要下一番力氣，如果不小心鬧大，那就很不值得了。

最近這段時間，吳雯和小田的事情接連而出，實際上，劉康已經有點傷了元氣，特別是小田的死，讓他失去了身邊最親近的一支人馬，他現在要動這個姓許的，還要調動外邊的人，這就沒必要了。

最主要的是，許先生對他的損害也就是一筆錢而已，這筆錢，劉康相信將來可以利用秦屯再賺回來，所以相比小田和吳雯那種不出手事態就會惡化的情形來說，許先生這件事實在是很輕微的。

劉康便笑了笑，說：「秦副書記，你聽誰說我在北京很有能力了？」

秦屯愣了一下，他不好說出劉康可能就是傅華車禍的主謀這樣的話，便說：「是我北京的一個朋友，他說你的康盛集團在北京黑白兩道都是鼎鼎有名的。」

劉康笑了，他知道秦屯是在睜著眼睛說瞎話，他這些年處事低調，康盛集團在北京也是默默無名，不是道上的人，根本就不知道他劉康是個什麼樣的角色。

劉康搖了搖頭說：「秦副書記啊，我不知道你朋友是從什麼地方聽到這種不實的傳言，他搞錯了，我們康盛集團在北京是嚴格守法的公司，除了正常業務之外，根本就不涉及其他。你如果有康盛集團業務範圍之內的事情需要我幫忙，我萬死不辭，可是你要我去對付這個姓許的，我怕是沒辦法的。」

劉康根本不接招，倒是把秦屯晾在那裏了，他看了看劉康，說：「劉董啊，我這次被騙的這筆錢，大部分可都是你的錢啊，你就甘心這麼被騙子拿走嗎？」

劉康笑了，說：「原來秦副書記是在意這筆錢啊，這個你不用擔心，這筆錢我花出去了，就沒想要要回來，我也不會跟你追討的。同時，我也勸你不要再去想要回這筆錢了，就當破財消災好了。」

秦屯有些急了，說：「憑什麼啊，這麼一大筆錢就這麼白白給姓許的這個騙子拿走了，想想我都氣死了。」

劉康搖了搖頭，說：「秦副書記啊，你理智的想想吧，我想你應該明白，這件事情如果鬧大了，最終會對誰不利？最終不利的是你啊。」

秦屯不解地說：「為什麼啊？」

劉康笑了，說：「為什麼?!你不知道自己為什麼花這筆錢嗎？你是花錢買官，這個要是公開了，你這個市委副書記可就尷尬了。」

秦屯恨恨說：「那我就要甘心吃這個啞巴虧？」

劉康說：「不吃又能怎麼樣，我估計姓許的設這個騙局的時候，可能各方面早就想到了，他已經算到鬧到最後你並不敢聲張的。」

秦屯說：「這傢伙原來這麼卑鄙啊。」

劉康說：「秦副書記，反正這筆錢是我出的，你就別放在心上了。再說，你這個時候再去找那個姓許的，說不定姓許的早就拿著錢跑掉了呢。」

「媽的，竟被這傢伙耍了一通。」秦屯氣憤地說道。

劉康既然不肯出手，秦屯也就沒了別的招數，他灰溜溜的離開了劉康的辦公室。

回到家中，秦屯越想越不甘心，這麼大一筆錢就這麼打了水漂？不行，劉康財大氣粗可以不在乎，我可不能不在乎，就算不能把姓許的怎麼樣，起碼也應該把錢追回來。再說，辦不成事，按照規矩也應該把錢退回來的。

想來想去，秦屯還是不想就這麼放棄，不過，他知道姓許的如果已經跑掉的話，他也是沒招的，還是先試試許先生的電話打不打得通好了。

秦屯就撥了許先生的號碼，電話裏傳來一陣優美的音樂聲，這個姓許的竟然還沒有跑掉，秦屯瞬間盤算了一下，決定先不要去指責姓許的，先哄著他把錢要回來再說。

許先生接通了，熱絡的說：「秦副書記，找我有什麼事情啊？」

由於金達的代市長任命才剛公布，許先生還不知道情況，因此很熱情的跟秦屯說著話。

秦屯心裏這個氣啊，心說：這傢伙的騙局都已經敗露了，還這麼理直氣壯的跟我說話，他還真的是算到我不敢對他怎麼樣呢。

秦屯雖然一肚子氣，但他的目的並不是要去指責許先生，而是如何把錢拿回來，因此並不想露出自己識破騙局的樣子，便說：「許先生，你究竟是怎麼跟某某說的？」

許先生頓了一下，秦屯這麼問，顯然是這次他並沒有達成所願，要如何應付他呢？還是先想辦法敷衍過去再說。

許先生裝糊塗的說：「怎麼了，我已經把你的禮物和想法都跟某某說了，他答應我這次一定會讓你滿意。」

秦屯說：「那現在東海省怎麼會任命了別人做海川市市長？」

許先生明知道是怎麼一回事，可是仍然裝作驚訝的叫道：「怎麼會？某某是當著我的面跟你們郭奎書記通的電話，郭書記當時答應得好好的，我都認為你當市長是板上釘釘的事了，怎麼會變成這個樣子了呢？」

秦屯心中狂罵，你這個騙子真是無恥，到這個時候了，你還在我面前裝蒜。不過，如何能將錢哄出來才是真的，便耐住性子說：「許先生，這是真的，東海省剛剛公布了代市長的任命。」

「怪事，怎麼會這個樣子呢？」許先生仍在裝傻。

秦屯說：「這是事實了，許先生，你知道嗎？我這次給你的錢，很大一部分都是跟人借的，現在事情既然沒辦成，你能不能把錢退回給我啊？」

許先生心說：進了我手裏的錢又怎麼能吐出來呢？不過，眼前倒也不好跟秦屯翻臉，因為他手裏還有一個騙局在進行中，如果跟秦屯鬧翻了，說不定秦屯馬上就會想辦法對付他，那他只有跑走，即將到手的一筆錢就會沒了。

還是先哄哄這個傻瓜吧，許先生立刻說：「對，對，事情既然沒辦成，是應該把錢退還給你的。」

秦屯一聽，心中暗喜，如果能真的把錢拿回來，劉康已經說過他不要這筆錢了，那這筆錢就是自己的了。就算市長爭不到手，拿到這筆錢也算是一個小小的補償了。

「那許先生什麼時間能把錢給我退回來呢？」秦屯問。

許先生略顯歉意的說：「不好意思啊，秦副書記，這筆錢已經花在給某某的禮物上了，眼下暫時我還沒辦法告訴你，我具體什麼時候能把錢退還給你。」

秦屯明白這許先生又要玩花招了，眼見自己的如意算盤落空，他急急說道：「許先生你不能這個樣子啊，這筆錢我可是借來的，現在人家看我沒當上市長，找上門來要我還錢呢。」

許先生解釋說：「秦副書記，你先別急，我可不是想賴你這筆錢。我現在無法給你一個明確時間是有原因的，一方面呢，我需要跟某某去落實一下，這次究竟是什麼原因沒能讓你當上這個市長。某某是什麼樣的人物你應該知道，那可不是你想見馬上就能見的，要跟他約見面是需要時間的；另一方面，錢都花在給某某買的禮物上了，某某肯定是不會退還禮物的，這筆錢就需要我墊出來，雖然錢的數目不大，可是我現在手頭上並沒有這麼多，需要想辦法湊，這也需要時間的吧？」

秦屯明知道這可能是許先生的緩兵之計，可是他不能馬上就跟徐先生翻臉，他要先拖住許先生，因為他知道，如果許先生一下子消失掉，這麼大的地方，真是不知道要如何再去把許先生找出來。還是先穩住姓許的，穩住了他，才可以設法對付他。

秦屯便笑笑說：「原來是這樣啊，你說的也有道理。好吧，那你儘快把錢湊給我吧，我這邊的人催得緊。」

許先生鬆了口氣，心說總算敷衍過去了，便說：「放心吧，這筆錢我一定儘快還給你的。」

秦屯掛了電話後，許先生冷笑了一聲，說：「你等吧，等到了猴年馬月，我就會把錢還給你的。」

看來要加快進度了，只要另一個騙局完成，自己馬上就可以逃走，那時候秦屯找都找不到自己，怕是要欲哭無淚了。

等等，不對啊，難道秦屯真的這麼傻嗎？到了這時候，他還看不出自己是在騙他嗎？

許先生想到這裏，驚出了一身冷汗，心說：這會不會是秦屯明知道自己騙了他，想要先穩住自己，然後來抓自己啊？如果是這樣，那可就危險了，許先生心中明白，他做的事如果曝光，起碼也要蹲個十年八年大牢的。

許先生慌了，他這些年吃香喝辣的享受慣了，可不想後半輩子去吃牢飯，他立馬跳了起來，想要收拾一下東西跑路。

可是捨棄掉即將到手的一筆財富也讓人挺心疼的，自己是不是有點太過於敏感了？也許秦屯真的只是想要回他的錢而已。再說，秦屯這筆錢是要用來買官的，許先生不相信他真敢把事情鬧大了，如果事情鬧大了，秦屯首先就無法解釋錢的來源和用途，到時候，恐怕他的麻煩更大吧？

許先生曾經也以類似的手法騙過別的官員，事後，許先生發現那些官員被騙了也就被騙了，卻沒有一個敢站出來說自己因為買官被騙的，一切風平浪靜，就好像什麼都沒發生一樣。

這也是許先生為什麼敢在北京常住的一個原因，被騙者的懦弱給了他足夠的膽量，他已經很長時間沒有跑路了，這一次會不會秦屯也是這樣呢？

許先生冷靜了下來，他覺得倒不急於一時撒丫子跑路，他還是可以跟秦屯周旋周旋的，如果風頭確實不對了，再跑路也不遲。

秦屯放下電話，在屋子裏轉了半天，許先生似乎是被他穩住了，可是下面要如何去對付許先生呢？要如何做才能將許先生騙自己的錢擠出來呢？

秦屯有些犯難了，劉康指望不上，要動用公安的力量的話，自己的事情也不好開口，總不好跟公安局長說自己買官被騙了錢吧？

忽然，秦屯想起了農業局的那個副局長田海，田海托許先生跟自己打招呼想要升官，以許先生這種死要錢的騙子個性來說，他不可能什麼都沒收，義務的幫田海打招呼，肯定是從田海那裏獲得了什麼實質性的利益，而且能打動許先生的，絕對不會是一筆小錢。

是不是可以從田海這裏做做文章？田海是一個老實人，如果他知道自己被騙了，會不會一怒之下找許先生算賬呢？自己是不是可以借田海這件事情，讓人去北京把許先生抓回來呢？

想到這裏，秦屯陰陰的笑了起來。

金達正在辦公室跟李濤談話，他接任代市長已經四天了，還正在熟悉情況當中。李濤本來跟金達的關係還算不錯，他對市長寶座也沒什麼覬覦之心，對金達並沒有什麼心結，因此跟金達的交談十分融洽。

兩人正談著市裏面的情況，李濤的手機響了起來，李濤看了看號碼，對金達說：「是政法委書記丁林的電話。」

金達說：「他可能是找你有急事，趕緊接吧。」

李濤接通了電話，說：「老丁啊，我正跟金達市長在談話呢，你找我有什麼事情嗎？」

丁林有些氣急敗壞的說：「李副市長，出大事了，東陽那邊鬧出人命，發生了示威抗議活動。」

李濤說：「老丁，東陽的事情是福東區管轄範圍的，出了事，你找福東區的曲波區委書記不就行了，找到市裏面幹什麼？」

東陽是海川市下屬福東區的一個鎮，位於海川市區的城鄉結合部，因為是屬於城鄉結合部，民風向來彪悍，常常會因為一點點小事情就鬧了起來。李濤倒不是不願意管這件事情，可是從鎮到市差著好幾級呢，似乎也輪不到他這個常務副市長來管這件事情。

丁林苦笑了一下，說：「曲波現在管不了，他人正被困在了東陽，他的車讓村民給圍住了，根本就動彈不得。」

李濤愣了一下，說：「這麼嚴重？究竟是怎麼回事？」

丁林說：「是牽涉到棚戶區改造的事情。」

東陽因為是城鄉結合部，歷史上遺留下來一大片的平房，由於當時建設平房的時候缺乏規劃，加上居民根據自己的需要胡搭亂建，這片平房區顯得雜亂無章，混亂不堪。

這裏的居民多以做小販打雜工為生，收入低，因此並沒有能力脫離這片平房區生活。徐正還擔任市長的時候，對這片棚戶區十分的重視，幾經努力，終於籌集到資金，啟動了棚戶區改造項目。目前這個地方正在做前期的拆遷工作，因此矛盾很激烈。

衝突發生的導火線是福東區組織的一次強制執法行動。因為事先就得知東陽這個棚戶區要拆遷了，這地方的居民聞風而動，為了謀求多一點的補償，幾乎在一夜之間，這片棚戶區突然多了很多搭建起來的違章建築。福東區當然不會同意給這些違章建築予以補償，於是就依法進行了這次拆除違章建築的行動。

行動一開始進行得很順利，幾棟違章建築很快就在轟鳴的挖土機前倒了下來，可進行到一棟七十多歲的老夫妻的房子時，這對老夫妻堅決不同意依法拆除，躺在違章建築內就是不肯出來。

現場指揮拆遷活動的副區長下令將兩個老人抬出屋子，兩個老人自然不肯，就跟執法人員有了拉扯，但最終還是抗不過執法人員，被抬出了屋子。

就在老人被抬出屋子的時候，意外發生了，那個老頭激動之下，竟然心臟病發，一下子癱軟在現場。

這裏是城鄉結合部，離醫院較遠，等救護車到了現場，老頭已經沒有了呼吸。

出了人命，這可就惹惱了周圍圍觀的村民，人們紛紛圍了上來，要執法人員作出解釋。主持這次拆遷工作的副區長一看事情不妙，趕忙下令暫停拆除，先行撤退。

可是已經晚了，挖土機已經被村民團團圍住，動彈不得，副區長只好帶著人馬，在村民們雨點般的磚頭石塊的攻擊下倉皇而逃。

情況被通報給了福東區區委書記曲波，他趕到現場想要處理善後，沒想到村民們餘怒未消，曲波趕來，正好成了村民們的標靶，幾百號村民將曲波的車團團圍住，曲波嚇得連車都沒敢下，被困在了現場。

曲波就通過手機調集了福東區公安局的公安幹警，要求通過武力解圍。福東區公安分局局長胡鈞到現場一看，村民們似乎對警察到場早有準備，不知道從哪裡弄來了幾大桶汽油放到了曲波的車旁，汽油桶蓋打開，準備一旦警察衝過來就點燃，跟警察同歸於盡。

場面一觸即發，胡鈞也沒膽量指揮幹警衝進去解救曲波，就趕忙打電話給市政法委書記丁林，丁林一聽這個情況，也不敢怠慢，一方面命令胡鈞不要去激怒現場的村民，一方面立馬趕到了現場。他知道一旦發生爆炸，最少是幾十條人命，這個責任怕是海川市委書記張琳都無法承擔的。

第八章

誘人香餌

果然，跟劉康預想的一樣，金達開始主動接近他了，
他接到了市政府的通知，
說新任市長金達想要來看看海川市新機場項目工程。
劉康心說：就怕你不來，你來了，我就可以安排好香餌，
釣上你這隻金鼇了。

到了現場，曲波已經被圍困了幾個小時了，丁林見到村民們把老頭的屍體放在曲波的轎車頂上，轎車被團團圍住，四周放著幾個打開蓋子的汽油桶，他也不敢貿然行事，便跟曲波通了電話，要他待在車裏，不要輕舉妄動，現場一切由他來指揮。

丁林穩住了局面，就跟村民們交涉，說死亡的村民，政府部門會依法做出相應的補償，請大家趕緊散了。

村民們卻不依不饒，一定要海川市市長親自到現場來解決問題。

丁林知道事情不能延宕，越是延宕下去，村民們就會越聚越多，怒火也會越發難以控制，稍有不慎，就會釀成大禍，於是趕忙通知了常務副市長李濤。

李濤聽完，立刻坐不住了，站起來跟金達說：「事情很緊急，我去現場處理一下吧。」

金達在一旁把事情聽得大致差不多了，也跟著站了起來，說：「我跟你一起去。他們要找的是市長，你去了不一定安撫得住。」

李濤愣了一下，這個金達還真是不錯，明知道事情棘手，還是挺身而出，勇於任事。

李濤說：「金市長，現場很危險，還是我先去處理一下吧。」

金達卻已經拿起了皮包，說：「李副市長，你去還不是一樣危險？大家一起去吧。」

兩人就一起坐車趕到了現場，金達和李濤一起下了車，便有幹部圍了過來，金達簡單問了一下狀況，知道曲波被圍在當中已經很長時間了。

眼尖的村民認出了金達和李濤，有人喊道：「金市長和李濤副市長來了。」

金達明白眼下的形勢，他知道必須趕緊跟村民們做好溝通，才能平息眾怒，他看了看李濤，說：「李副市長，你留在外面調度指揮，我進去跟村民們談一談。」

李濤為難地說：「這不好，還是我進去跟村民談吧。」

金達態度堅定地說：「這個時候就不要跟我爭了。」就走向了村民，說：「我是海川市新任市長金達，大家有什麼事情可以跟我反映。」

便有村民喊道：「金市長，今天這個情況，您說說要怎麼辦吧？」

金達說：「我是市長，我會對今天的事情負責的，大家先讓開，讓我看一下情況。」

金達說著，就往村民的包圍圈中走，村民們還在猶豫，不肯讓金達走進去。

金達笑了笑，說：「你們不讓我看現場的情況，我又怎麼給你們解決問題啊，再說，我就是一個人而已，你們怕什麼啊？」

村民們這才讓開了一條路出來，金達走到曲波的車旁，伸手試了試老頭的鼻息，老頭身體已經僵硬，沒有了一點氣息。

金達說：「我跟大家商量一下，這位老者已經去世了，把他的遺體晾在陽光下是不行的，所以我們還是先把這位老者的遺體搬走，好嗎？」

有村民喊道：「不行，你們如果把屍體拉走了，誰還肯給我們解決問題啊？」

金達笑笑說：「我一個市長在這裏呢，難道我不能給你們解決問題嗎？死者為大，還是先給他找一個安生的地方吧。」

說著，金達沒等村民們有所反應，就喊道：「救護車那邊來兩個人，將這個老者先抬出去，送往醫院。」

村民們沒有什麼反對的意思，便有兩名救護車上的人用擔架將老者抬了出去。

金達又打開曲波的車門，看了看曲波，說：「你沒事吧？」

曲波被困了幾個小時了，又累又怕，面色蒼白，不過面對著市長，他還是打起精神來，說：「我沒事，金市長。」

金達看了看村民，說：「曲書記被你們困了幾個小時了，現在既然我這個市長來了，是不是你們可以先放他出去？」

有村民說：「既然你這個市長留在這兒，他留不留下來就無所謂了。」

金達就命令曲波說：「你先出去休息吧。」

曲波看了看金達，說：「那您怎麼辦啊？我留在這裏陪您吧。」

金達笑笑說：「沒事，你出去吧，我跟大夥談談心。」

曲波沒再說什麼，從人群中走了出去。

金達看曲波離開了，轉身站到了油桶旁，說：「今天這位老者的事情，我會責令相關部門給予優厚補償的。大夥兒還有什麼事情，盡可以跟我反映。」

便有村民緊張了起來，說：「金市長，這汽油桶很危險啊，你別站在那裏。」

金達說：「大夥兒不都站在這裏嗎？」

村民們有些不好意思了，有人說：「我們那不是怕警察對我們動武嘛！」

金達笑笑說：「我想大夥兒是誤會了，我們的警察是人民的警察，他們只會維護人民的利益。」

有村民說：「金市長，今天這話就是您說，別人說我們是不相信的。這裏太危險了，萬一有個閃失，會傷及到您的，我們還是不要在這個地方談了。」

金達說：「好啊，我也覺得是很危險，你們說吧，我們換到什麼地方去談？」

村民說：「去村委會吧。」

金達說：「行，你們給我帶路吧。」

金達就在村民的簇擁下去了村委會，胡鈞馬上安排員警把現場的汽油桶蓋好蓋子搬走，一場危機就這樣被金達化解了。

到了村委會，李濤也跟了進來，村民們就七嘴八舌開始抱怨拆遷和補償方面的不公，金達和李濤一一作了記錄，能夠現場解決的，便現場作了答覆；不能現場解決的，金達答應，會儘快研究，作出安排。

村民們最終散去了，李濤看了看金達，說：

「金市長，剛才我真是心都懸到嗓子眼上了，太危險了，下一次再有這種場面，還是我來吧。」

金達笑笑說：「李副市長，你年紀比我大得多，這種場合太激烈了，我怕你的心臟受不了啊。事情還沒完呢，我們回去趕緊研究一下相關善後吧。」

兩人回到市政府，馬上就召集相關人員開了一個緊急會議。

在會議上，金達表揚了政法委書記丁林，是丁林先穩定了局面，才沒讓事態進一步的惡化，其後他批評了福東區政府拆遷的行動太過於簡單和粗暴了，雖然是依法行政，可是沒有事先做好溝通的工作，導致發生這麼大一個群眾抗議。

李濤也在會議上作了補充，他要求福東區從優補償那個死亡的老者，一定要儘量做好家屬的安撫工作，不要再釀成新的群眾抗議了。

金達化解群眾抗議的事很快就在海川市政壇傳開了，這是一次閃亮的登場，人們對金達都有刮目相看的感覺，認為這個代市長有勇有謀，是一個很優秀的領導幹部。

但也有人心裏很不舒服，金達的表現讓這些人心裏倒抽了一口涼氣，心說還真看不出來，文質彬彬的金達竟然敢冒著生命危險去化解這場危機，看來他書生的外表下，是一副堅硬的骨架。

劉康也聽說了這件事，心裏更加不自在了，金達這個做法跟道上的亡命徒幾乎沒什麼兩樣，都是為了達到目的，可以不惜一切。這是個狠角色，日後還真是要好好應對。

劉康自然是很想跟金達建立起良好的關係來，不然他也不會派鄭勝去北京探望金達。但是金達對鄭勝去探望他的反應，卻令劉康有些琢磨不透金達葫蘆裏賣的是什麼藥。

金達並沒有拒絕鄭勝，還很熱情的跟鄭勝一起吃了飯，不過，劉康也不能從這件事情就判斷出金達願意跟自己靠近，因為金達招待的，還有海川市另一位老闆伍弈。

這只可以理解為金達不想開罪自己和鄭勝這一方，因為他如果真的想跟鄭勝走得更近，滿可以安排跟鄭勝單獨見面的。

這個金達是個聰明人啊，這倒不是他在害怕鄭勝，而是他知道不能隨便開罪海川上的地方勢力，只有這樣，他的工作才會容易開展。

但金達這樣的態度對劉康是不夠的，他希望跟金達能建立起像當初徐正一樣的關係，那種關係是站在同一條船上的，是休戚相關的，只有達到那種程度，劉康才能按照預定的目標順利的完成新機場項目。

如何找到一個切入點，讓自己跟金達的關係熟絡起來呢？

現在這對劉康是一個很頭痛的問題。因為在徐正主政期間，劉康對金達是不理不睬的，兩人之間並沒有什麼很好的交集，再加上一個跟劉康敵對的傅華卡在其中，劉康完全有理由相信，金達對他的看法肯定是很負面的。

不過雖然頭痛，劉康卻不覺得這個問題無解，每個人都是可以收買的，只是要看他想得到什麼。劉康相信自己完全可以開出足夠讓金達滿意的價碼，可以收服金達。

並且，劉康不相信金達是不偷腥的貓，他在商場縱橫這麼多年，什麼樣的官員沒見過？不說別人，就說徐正吧，徐正沒被擺平之前，還不是滿口的原則，一副道德君子樣，可被他擺平之後呢，什麼樣的齷齪事沒做出來？金錢女人，什麼好東西他不要啊?!

新機場這麼大的項目，看在任何一個官員眼中都是一塊肥肉，金達自然不會例外，劉康覺得，現在的金達估計也在尋找跟自己結交的機會，因為只有跟自己結交上，他才能從這個工程中獲取利益。也許他在北京跟鄭勝見面，就是為了能跟自己結交而預留的後步吧？

果然，還真跟劉康預想的一樣，金達開始主動接近他了，他接到了市政府的通知，說新任市長金達想要來看看海川市新機場項目工程，要康盛集團做好接待的準備工作。

劉康笑了，心說：就怕你不來，你來了，我就可以安排好香餌，釣上你這隻金鼇了。

秦屯將田海找了來，田海不知道秦屯找他幹什麼，心中懷疑是不是自己花錢讓許先生跟秦屯打招呼的事情敗露了，否則自己跟秦屯也沒有什麼工作上的交集，他為什麼要找自己來啊？

田海有些惶恐地看著秦屯，很僵硬的笑著問：「秦副書記，您找我什麼事情啊？」

秦屯把田海的不安都看在了眼中，他是瞭解這種人的，這種人老實了一輩子，臨老了被某種利益誘惑，壯著膽子做了一件違反紀律的事情，而這件事情偏偏又辦得很不順利，這可能讓他既害怕被人抓住違紀的行為，又心疼為此已經付出的巨額的代價。

秦屯相信自己完全可以從田海這裏套出他跟許先生之間往來的細節的，便笑了笑說：「老田啊，別急，我們先坐下來聊。」

田海跟著秦屯去沙發那兒坐了下來，他不敢坐實，只坐了三分之一，秦屯看了，心裏暗自好笑，這傢伙真是太老實了，完全是一副受氣小媳婦的樣子嘛。

田海坐下來之後，再一次問道：「秦副書記，您找我來，究竟是有什麼指示啊？」

秦屯說：「老田啊，我找你來呢，是有件事情想向你瞭解一下，你認識北京一個姓許的人嗎？」

怕什麼就來什麼，果然是因為這個許先生的事情，田海頓時嚇得面如土色，他膽怯的偷眼看了看秦屯，問道：「秦副書記，您問這個是為什麼啊？」

秦屯笑笑，說：「老田啊，你別緊張，我就是了解一下情況。」

田海試探著問道：「是不是這個許先生出了什麼問題了？」

秦屯點了點頭，說：「是啊，老田啊，最近呢，我知道了一個情況，這個姓許的在社會上打著認識我的旗號，四處招搖撞騙，說他能通過我幫人升官，然後騙了很多人的錢。」

「什麼？這個姓許的是個騙子？」田海驚叫了一聲，心說這下子完了，十萬塊錢啊，那可是自己一輩子積攢起來的，就這麼被一個騙子拿走了。

秦屯這時看出來，田海已經不單是不安了，他的臉上還有著心痛的表情，便明白田海肯定跟自己一樣，被許先生騙了一大筆錢。

秦屯嘆了一口氣，說：「老田啊，你是不是也被他騙了？」

田海呆了半晌，在猶豫是否要承認這件事情，承認了，自己就是花錢買官了，這個可是上面堅決不允許的，自己不但要損失這十萬塊，怕是還要受組織上的處分。

秦屯看出了田海在擔心什麼，便笑笑說：

「說起來這件事情我也是有責任的，這個姓許的來海川市時，是打著中央領導某某的旗號來的，我為了尊重中央領導，就出面應酬了他一下，結果就讓他有機可乘了，他藉口說我跟他關係很好，可以找我幫他辦事，給很多同志造成一些誤解。老田啊，我們這是私人談話，我就是向你瞭解一下情況，你如果是上了他的當，就跟我說出來，事情既然由我而起，我會幫你想辦法把這件事情處理好的。」

「秦副書記，我……」

田海一方面擔心自己被組織上處分，另一方面也在心疼自己的十萬塊錢，他這十萬塊可是省吃儉用才積攢下來的，不比秦屯是受賄得來那麼容易，讓他就這麼認了，還真是難下這個決心，因此只說了半截話，就再也說不下去了。

秦屯見田海吞吞吐吐的樣子，便嘆了口氣，說：

「你果然上了他的當了，當初姓許的曾經在我面前提起過你的名字，我就猜測到你可能是通過某種方式找過他，雖然當時我嚴厲的拒絕了他，跟他講明了這件事情根本就是不可能的，沒想到他還是打著我的旗號騙了你。這傢伙真是太混蛋了。老田啊，你跟我說實話，你究竟被他騙了多少錢啊？」

田海欲言又止，說：「這個嘛……」

秦屯看了看田海，說：

「老田啊，你別吞吞吐吐的了，跟你說實話吧，我對這個姓許的打著我的旗號招搖撞騙很是惱火，這嚴重損害了我的形象，因此我跟公安部門已經做了溝通，要他們想辦法對姓許的展開偵查，所以姓許的以我的名義究竟騙了多少錢，很快就會被公安部門查出來的，你現在跟我說清楚，我還能讓公安部門想辦法在偵查過程中回護一下你，如果你不說，到時候被公安部門偵查出來，可能問題就嚴重了。」

一聽秦屯說公安部門已經展開調查了，田海以為自己的事情遲早要被曝光，便沮喪的嘆了口氣，說：

「咳！秦副書記啊，我當時真是鬼迷了心竅了，一輩子奉公守法，到老卻犯了這麼大的一個錯誤。是的，我確實給了姓許的十萬塊錢，讓他找您幫我把職務提成正局長，唉，我現在真是後悔啊，不該去覬覦不屬於自己的東西。」

秦屯見將田海花錢買官的事情詐了出來，心中暗喜，不過他心中對田海也有些可憐，這傢伙兢兢業業一輩子了，到老了想要當個正職的局長，也在情理當中。

秦屯笑了笑，說：「老田啊，你這個人我還是瞭解的，是一個好幹部，一時起了錯誤的念頭也是可以原諒的。」

田海看了看秦屯，可憐巴巴的問：「秦副書記，你說我下一步該怎麼辦呢？」

秦屯說：「老田啊，這不是什麼大不了的事情，你是受害者嘛，這樣，你現在就寫一份舉報資料給我，我跟公安局分管刑偵的俞泰副局長關係很不錯，我會讓他秘密展開偵查，力求幫你挽回這一次的損失。」

於是田海在秦屯的辦公室寫了一份舉報資料，交給了秦屯，然後說：「秦副書記，這一次我不會受什麼處分吧？」

秦屯笑著搖了搖頭，說：「放心吧，我會讓公安局方面為你保密的。」

田海就回去了，秦屯又撥了電話給公安局副局長俞泰，秦屯和俞泰之間關係是很密切的，秦屯還是副市長的時候就跟俞泰熟悉，兩人關係很好，當時俞泰還是海川刑警大隊的大隊長，秦屯成為副書記之後，很快就想辦法將俞泰提升成公安局的副局長，因此俞泰對秦屯很是感激。

俞泰接了電話就匆匆趕來，一進門就說：「秦副書記，找我有什麼指示？」

秦屯從辦公桌下面拿出了兩條黃鶴樓1916，放到了俞泰面前，笑著說：「一個朋友帶給我的，你知道我這人對菸並不好，這麼好的菸我抽了也是浪費，你拿去抽吧。」

俞泰高興的說：「還是秦副書記對我好，這麼好的菸都留給我。」

秦屯笑了笑，說：「你這個菸鬼，見到好菸眼睛就亮了。老俞啊，菸這東西對人可沒好處，你也要少抽啊。」

俞泰笑笑說：「這就沒辦法了，秦副書記，我這人一輩子就這麼點愛好，少抽了受不了。誒，秦副書記，你找我有什麼事？」

秦屯就把田海寫的舉報資料遞給了俞泰，說：「老俞啊，你看看這個。」

俞泰看了看，抬起頭來看著秦屯，說：「秦副書記，您是什麼意思？」

秦屯說：「這個姓許的傢伙實在太可惡了，竟然打著我的名義招搖撞騙，我想讓你們公安局查一下他，你看能不能構成犯罪？」

俞泰說：「這明顯是詐騙犯罪，已經可以展開偵查了。」

秦屯說：「老俞，你我都是老朋友，這麼多年交情了，你跟我透個實底，如果這件案子真要展開調查，你能全面掌控住嗎？」

俞泰看了看秦屯，說：「秦副書記，您是指哪一方面？」

秦屯說：「這傢伙是打著我的旗號騙人的，我是怕他如果被調查了，為了推卸責任，可能會編造謊言誣賴我，我倒是沒做過什麼，可是如果這些謊言傳了出去，會嚴重影響我的形象的。」

俞泰說：「您是擔心這個啊，你放心，我會選拔精幹人員，保證不會讓這個案子的案情外洩的。」

秦屯吩咐說：「千萬要做到這一點啊。」

俞泰說：「好的。」

秦屯說：「那你就展開調查吧，一定要把姓許的給我好好整一下，這傢伙吃了熊心豹子膽了，竟然敢以我的名義騙人。還有啊，有什麼情況都要跟我彙報，知道嗎？」

俞泰立刻說：「行，這件事情你就交給我吧，我一定能處理好的。」

劉康帶著公司的人，在海川新機場項目的工地上迎接新任市長金達，金達跟劉康握了握手，寒暄說：「劉董，辛苦了。」

劉康笑笑說：「金市長客氣了，我們歡迎金市長親臨工地現場視察。」

兩人握手寒暄完畢，劉康就陪同金達往工地裏走。

金達說：「劉董啊，新機場項目是中央、省、市都十分關注的項目，是市裏面的重點工程之一，海川市上上下下都在看著呢，責任重大，絲毫馬虎不得，所以我一上任，走訪的第一站就定在這裏。」

劉康聽了，說：「感謝金市長對我們海川新機場項目的關心。」

金達說：「光我這個市長關心沒用，還需要你們康盛集團把好工程品質關啊。」

劉康說：「這個自然，請市長放心，我們康盛集團對海川新機場項目是高標準嚴要求的，目標是把新機場打造成為百年工程。」

金達說：「那就好，那就好。」

金達在工地上走了一圈，然後去了會議室，聽取了劉康就工程項目所作的彙報，金達的隨從人員也將劉康反映的一些意見記錄了下來，金達說會回去研究，給予解決的。

雙方相處的氣氛十分融洽，金達和劉康不時還開一點小玩笑，逗得現場的人哈哈大笑。

不覺就到了中午，劉康說：「金市長，你難得來一趟，今天就留在這裏吃頓便飯吧？」

金達笑說：「好哇，不過事先聲明，我下午還有事，中午這頓飯儘量簡單，也不要喝酒，好不好啊？」

劉康原本還以為金達會推辭，沒想到金達這麼爽快的就答應了下來，心說：看來金達還真是急於跟自己結交啊。

劉康笑笑說：「金市長還真是平易近人啊，行，一切都按照您的吩咐去做吧。」

雖然說是便飯，劉康還是把金達一行人帶到了西嶺賓館，菜色十分的精致，也按照金達的吩咐，並沒有上酒。

席間，金達就劉康讓鄭勝去北京時問候自己表示了感謝，劉康說：「金市長真是客氣了，我那也是順水人情，不值得感謝的。」

金達說：「劉董有這份心意，我就很感謝了。」

劉康心中暗自高興，看來派鄭勝去這一趟北京還真是去對了，給自己和金達結交有了很好的切入點。

吃完飯之後，金達就要回市裏辦公，劉康送他出來，金達上車時，劉康趁著跟金達握手告別時，便將一個信封塞到了金達手裏。

金達愣了一下，說：「劉董，你這是幹什麼？」

劉康笑了笑，說：「沒什麼，一點小意思。」

金達將信封塞了回去，說：「劉董，這個可不好，我不會收的。」

劉康的笑容立時僵在了臉上，一旁都是跟隨金達過來的人，也容不得他去跟金達爭執什麼，只好尷尬的將信封收了回去。

金達見劉康將東西收了回去，便說：「劉董，只要康盛集團保證工程品質，我們市政府方面對你們肯定是會大力支持的，這個就請你放心吧。」

劉康尷尬的笑了笑，說：「那就謝謝金市長了。」

金達就帶著隨從離開了，留下劉康在身後若有所思，這個金達究竟是什麼樣的人啊？他是跟徐正一樣表面裝正經的假君子呢，還是真的正直廉潔的真君子呢？

劉康倒真是希望金達跟徐正一樣，是一個假君子，那樣子他跟金達之間就好溝通了，可是眼前這個金達做什麼事情都是一板一眼的，滴水不漏，劉康擔心日後跟金正溝通將是一個很難的事情。

不過劉康隨即釋然了，目前看來，金達對自己還算客氣，這算是一個很好的開局，日後的事情，日後再慢慢溝通吧。

北京，海川市公安副局長俞泰帶著兩名幹警，和農業局副局長田海突然來到了駐京辦，傅華接待了他們。

傅華跟田海認識，很奇怪田海為什麼會跟俞泰一起來北京，跟俞泰等人寒暄過後，便問說：「田副局長，你來北京有什麼事情啊？」

田海乾笑了一下，他這趟來北京是很不情願的，可是公安局已經立了案了，讓他跟著來，他也只能來了，事先俞泰已經有交代，不能向別人洩露此行真正的目的，因此他對傅華也不好說實話，便說：「我陪俞副局長來北京辦點事情。」

俞泰笑笑說：「傅主任，我們來北京是偵查案件，現在案情正是關鍵時刻，不方便對外人透露什麼，還請你不要介意啊。」

傅華說：「我介意什麼啊，只是如果需要我配合的話，言語一聲。」

俞泰說：「謝謝，目前還不需要。」

傅華就不好再說什麼，安排俞泰等人住下了。

第二天，俞泰就去找北京警方協調，在北京警方的配合之下，將許先生緝拿歸案。面對警方，許先生的保鏢根本就不敢反抗，許先生頓時癱軟在地，被俞泰戴上了手銬。

隨即俞泰就要帶著許先生返回海川，在辦理退房手續的時候，傅華看到了許先生。雖然許先生已經不復當年那麼威風，可是傅華還是認出了他，心中不免詫異，這本來是秦屯的桌上貴賓，怎麼轉眼之間就變成為階下囚了?!

傅華不知道這一次行動根本上就是秦屯指揮的，他覺得許先生被抓，肯定會牽連到秦屯，看來海川政壇又將掀起一場風波了。這可是要跟金達說一聲，讓金達早點做出準備。

傅華知道金達前幾天擺平東陽群眾抗議的事情，心中不禁對這個新市長暗自稱讚，他果然沒看錯金達，一上台就做出這麼讓人刮目相看的事情，自己應該多跟金達溝通，多給金達提供參謀意見，好讓金達這個市長當得更加順利一些。

金達接到了傅華電話很是高興，說：「傅華，最近還好嗎？」

傅華說：「還可以，金市長您最近好嗎？」

金達笑笑說：「老實說，不好，工作千頭萬緒，真恨不得自己能有孫猴子那種拔根毫毛就能變出幾個來的本事。」

傅華說：「可能是您剛開始接手，還不太習慣，習慣了就好了。」

金達說：「我倒覺得是能幫上忙的人太少了，傅華，你還是回來市政府幫我吧。」

傅華笑了，說：「您就別勸我了，我這人簡單慣了，不想把生活搞複雜了。」

金達說：「那你就看著我這樣疲於奔命啊？」

傅華笑笑說：「金市長，您真是太謙虛了，其實我覺得您是遊刃有餘啊，東陽群眾抗議您一出手就化解了，全海川市誰不稱讚啊？」

金達對自己完美地處理了東陽群眾抗議的事，心中也很自豪，便說：「你也知道東陽的事情了？」

傅華說：「當然知道了，雖然這話由我說不太恰當，可是我還是要說，您這件事處理得乾淨俐落，很高明啊。」

金達哈哈大笑了起來，說：「傅華，能得到你的稱讚我真的是很高興。我想換成你，你也會這麼處理的，甚至可能比我處理得更好。可惜啊，你不願意回來幫我，弄得我一個市長不得不衝在第一線。」

傅華說：「實話說，我還真是不行，我這個人還真沒有金市長您身上的這種霸氣。」

金達笑笑說：「好啦，別吹捧我了，你打電話來，不會是專門跟我談東陽群眾抗議的事吧？」

傅華笑說：「當然不是啦，我今天剛碰到海川市公安局的俞泰副局長和農業局田海副局長，兩人來北京抓了一個跟秦屯副書記關係很密切的商人。」

金達詫異地說：「一個跟秦副書記關係很密切的商人？」

傅華說：「是的。」

傅華就把當初自己如何認識許先生的情形講給了金達聽，金達聽完，說：「傅華，你這麼做是很對的，駐京辦是我們海川市在北京的一個聯絡窗口，可不是某些領導人的小金庫，再有類似這種情形的事情，你還是要堅持原則給頂回去。」

傅華說：「我知道了，不過我跟您說這件事情，是認為這件事情最後可能牽涉到秦副書記。」

金達說：「這件案子我也不太清楚是個什麼情形，市裏並沒有研究這件事情。我想公安機關自有他們的一套辦案程序吧，相信不管牽涉到誰，他們都會依法辦事的。」

金達已經是一副地道的官員口吻了，看來他進入角色很快啊，他本來就是一個學識很高的人，有很高的悟性，真的不需要為他擔心什麼了。

傅華很高興看到這種情形，便笑了笑說：「是啊，相信公安部門會依法辦事的。」

金達說：「不說這個了，傅華，你打電話來正好，我正有事情想要問你呢。」

傅華說：「金市長有什麼指示？」

金達說：「我聽說你有一個師兄在證監會工作？還是一個很重要部門的主管？」

傅華說：「是啊，他叫賈昊，您有什麼事情要找他嗎？」

金達說：「是這樣，我剛看到市屬企業海川重機的業績報告，預計海川重機今年還是要虧損。」

海川重機集團是海川市一家市屬重點企業，也是上市公司，前幾年很是風光，這幾年機械行業不景氣，業績就下滑的厲害。

傅華問：「金市長的意思是？」

金達說：「海川重機前幾年給海川市經濟做出了很大的貢獻，市裏面不能眼看著海川重機業績這樣下滑下去。海川重機集團也有十幾個下屬公司，繼續這樣下去，海川重機只有破產一條路，這將是市裏面一個很大的不穩定因素。」

傅華不知道金達究竟想要自己幹什麼，找企業來兼併海川重機嗎？可是這與賈昊的證監會有什麼關係？便問：「金市長想要我做什麼？」

金達解釋說：「是這樣的，現在海川重機眼見就要連續兩年虧損了，再有一年虧損的話，可能就不得不退市了。當初市裏可是費了很大的勁才將海川重機上市的，如果退市，對市裏來說將會損失很大。所以拯救海川重機是當務之急。我想你跟你師兄說一聲，他肯定知道很多公司想要上市，能不能讓他幫忙聯繫一家公司，跟海川重機聯姻，從而拯救海川重機。」

傅華聽了，說：「我明白了，回頭我會跟師兄聯繫一下，問問他這件事情要怎麼辦。」

金達說：「傅華，你要注意兩點，第一呢，我們是要救活海川重機，單純的賣殼我們是不幹的；第二點，時間很緊迫，只有一年，你跟你師兄一定要抓緊時間，真要是退市了，對我們海川市會有很大的政治影響的。」

一個地區有多少上市公司，這是很多政府吹噓政績的一個指標，反過來說，如果上市公司被退市了，也會讓當局政府感到丟臉。傅華當然明白這個事情的重要性，金達新接市長一職，自然是雄心勃勃，如果讓海川重機在他上任的第一年就退市，會讓他感覺很沒面子的。

傅華說：「您放心吧，我一定儘快把這件事情給您辦好。」

第九章

是非之地

秦屯冷笑一聲，說：

「許先生，你現在是在看守所，這裏面關的可都是些危險人物，你如果還是不老實，難免會有個閃失，所以我勸你還是識相一點，早點把錢退回來，就可以早一點離開這是非之地。」

許先生在最初見到俞泰和田海的時候，心頓時就落到了谷底，暗叫：完蛋了，完蛋了，自己不該貪圖一點小便宜，就放鬆了警惕，導致被警察抓獲。這下子可要徹底告別以前風光享受的日子，從此將要面對的就是牢獄之災了。

許先生第一時間想到的就是這是秦屯對他下手了，秦屯是海川市市委副書記，自己被海川市公安局抓獲，還不知道秦屯會如何來整治自己呢，這一次肯定是要吃很大的苦頭了。

俞泰抓獲許先生之後，並沒有馬上開始偵訊他，而是直接帶上車往海川趕，一路上，兩名幹警一左一右坐在許先生旁邊，正好把許先生夾在中央，讓他絲毫動彈不得，更不用說打逃走的主意啦。

從北京趕回海川需要將近一天一夜的時間，這段時間內，許先生雖然被控制失去了人身自由，卻給了他一個思考的空間。

在最初的恐懼過去後，許先生開始冷靜下來，眼前的局面既然已經無法改變，那再自我埋怨也沒什麼意義，現在需要解決的是如何應對警察，才能順利脫身。

許先生很快就想到，雖然這次行動可能是秦屯安排指揮的，可是秦屯並不能自己出來舉報他詐騙，他總不能跟下屬說，是我被許先生以幫忙安排職務的名義騙走了幾百萬吧？那樣他就是承認自己在買官；同時，幾百萬這樣的金額他也無法解釋，因為這明顯跟他的收入不符，不說別的，「巨額資產來歷不明」這個罪就會落在秦屯的頭上，那時候，秦屯說不定會成為自己的獄友了。

於是田海出現在北京就很好解釋了，秦屯不好出面，就哄騙了田海出面來舉報自己，以田海的名義引發刑事詐騙案子的偵查，從而來對付自己。

秦屯這個算盤打得還真是精，不過這些人也不是傻瓜，又怎麼會老老實實由著你擺佈呢？

許先生心中暗自好笑，秦屯本就是自己手下的敗將，被自己輕輕一糊弄，就拱手將幾百萬送來給自己花，這樣的智力還想跟自己鬥，真是不自量力。

許先生想明白了這件事情的前因後果，心就定了下來，他心裏知道秦屯最害怕什麼，對手怕什麼就給他什麼，相信只要自己穩住陣腳，最終敗下陣來的，只會是對手。

許先生開始變得好整以暇起來，這一路上，他心平氣和，偶爾還會跟俞泰和田海開幾句玩笑，似乎他不是被警察抓了，而是被請去海川做客一樣。

到了海川，俞泰先跟秦屯彙報說，姓許的已經被抓獲，帶到了海川。

秦屯聽完很高興，說：「老俞啊，這件事情你一定要親自辦，審理當中發生什麼情況，及時向我彙報。另外，一定要注意保密啊。」

俞泰說：「我知道。」

俞泰休息了一晚，就帶著一名親信刑警提審了許先生。

許先生一被帶進審訊室，就抱怨說：「警察同志，你們這裏的看守所條件真是太差了，這一晚我都沒睡好。」

許先生早就習慣錦衣玉食的生活，住慣了五星級酒店，看守所的硬板床他還是真的無法適應，硌得他一晚都沒睡好。

俞泰被逗笑了，說：「姓許的，你以為我們是幹什麼的？請你來當貴賓嗎？」

許先生說：「我還真是弄不明白你們究竟是想幹什麼，你們闖到北京，不分青紅皂白就說我涉嫌詐騙，我跟你說，警察同志，我可是合法商人，我從來沒騙過任何人的。」

俞泰笑了，說：「這麼說我們弄錯了？」

許先生說：「你們當然弄錯了，你不信的話，可以去問你們海川市的市委副書記秦屯，他知道我是什麼樣的人。我跟你們說，我跟秦副書記可是很好的朋友，你們現在把我放出去的話，我還可以過往不究，否則，我一定會讓秦屯追究你們胡亂執法的責任的。」

俞泰火了，他一拍桌子，叫道：「姓許的，你還想拿秦副書記招搖撞騙啊？別做夢了，秦副書記已經知道你這些違法行徑了。」

俞泰這麼說，許先生便確定自己被抓是秦屯指使的，心裏暗道：秦屯啊，你想整我沒那麼容易，如果我這次脫不了身，我一定會拖著你一起死的，你等著吧！

許先生冷笑了一聲，說：「警察先生，我不知道你在說什麼，我沒騙過任何人，我是清白的，我要求見秦副書記，他肯定會還我一個公道的。」

俞泰越發惱火，說：「你以為這裏是什麼地方，你的辦公室嗎？你想見誰就見誰？你看清楚一點，這裏是看守所的詢問室，我們是海川市的公安幹警，所以我勸你還是認清形勢，趕緊交代你所犯的罪行。」

許先生仍說：「我沒犯罪，我要見秦副書記。」

俞泰說：「你別想抵賴了，海川市的農業局副局長田海同志已經證實，你騙了他十萬塊錢人民幣，答應他跟秦副書記溝通，提拔他成為正局長。」

許先生冷哼說：「這是誰說的？根本沒有的事，誰能證明啊？」

俞泰說：「看來你是不到黃河不死心啊，這件事情是田海同志舉報的，秦副書記也證實你確實在他面前提過田海同志，要秦副書記提拔一下田海。」

許先生一聽，笑了起來：「你這麼說就奇怪了，我是什麼人啊？我有什麼資格讓秦副書記提拔他的下屬啊？更奇怪的是，秦副書記竟然還能在你們這裏作證。如果我跟秦副書記一點交情都沒有，我又怎麼會這麼跟他說呢？如果我跟他有交情，我在他面前推薦一個優秀的同志，又是犯了什麼錯誤嗎？我只是推薦嘛，採納不採納，權力操在秦副書記手中，我不覺得我這是犯了什麼錯誤，更構不成犯罪。」

俞泰說：「你別狡辯了，你可不是憑空向秦副書記推薦田海同志的，你是收了他的錢才這麼做的。」

許先生斥道：「胡說，我什麼時候收過田海的錢了？」

俞泰說：「你真是個無賴，我們調查過了，田海的親戚已經證實他經手給了你十萬。」

許先生搖了搖頭，說：「他們這是在誣賴我，根本就沒有這麼回事。他們手裏有我的收條嗎？有我的書面資料嗎？沒有啊，我可以跟他們當面對證，根本就沒有這回事情。」

俞泰沒想到許先生嘴會這麼硬，乾脆了當地否認一切，一時也拿他沒招了，只好先將許先生送回了監室，自己去找秦屯彙報。

秦屯聽完俞泰的彙報，不滿的看了看俞泰，說：「老俞啊，你這樣子審下去不行啊，你這不是完全讓姓許的掌握了主動嗎？」

俞泰說：「我沒想到這傢伙會這麼狡猾，抵死不認。」

秦屯說：「不能這樣下去了，你要想辦法整治他一下啊。」

俞泰說：「好吧，我回去再想想辦法。」

再一次提審許先生的時候，許先生心中已經明白俞泰手中有多少底牌了，因此他更加從容，對俞泰提出的問題根本不予回答，只是說：「你把秦副書記叫來，他能證實我是好人。」

俞泰沒了別的辦法，只好採用連環審訊的方式，接連審了許先生一天一夜。

許先生一天一夜沒得休息，疲憊不堪，心裏暗罵秦屯卑鄙，竟然用這種逼供的方式對付自己，他現在的身子骨已經被錦衣玉食餵養得脆弱了很多，有一種快承受不住的感覺。因此當俞泰再一次訊問他究竟拿沒拿田海錢的時候，許先生說：

「好，我承認了，我拿過錢，不過不是田海的，而是秦屯這個王八蛋的，而且不是十萬這麼小的數目。」

俞泰心裏一驚，許先生這下是要把事情往秦屯身上拉啊，這個可是不妙，趕忙打斷了許先生的話，說：「你胡說，這件事情怎麼會跟秦副書記扯上關係呢？你根本就是在污蔑秦副書記。」

許先生笑了，他看出了俞泰的緊張，這正是他咬出秦屯的目的，你秦屯不是要整我嗎？我先來咬出你，讓你跟我綁在一起，看你還敢不敢再追下去。

許先生說：「有沒有，你去問一下秦屯不就知道了嗎？」

俞泰看了看許先生，許先生挑釁的看著他，他心裏一顫，不敢再審下去了，他跟秦屯是一條線上的，彼此算是休戚相關，如果秦屯出了事，他的日子也不會好過。

俞泰便從另一名刑警那裏將筆錄拿了過來，假裝看了看，就對那名刑警說：「行了，今天就先到這裏吧，先把他送回監室裏去。」

這名刑警看了看俞泰，說：「俞局長啊，這份筆錄他還沒簽字呢？」

俞泰瞪了那名刑警一眼，說：「他這完全是胡說八道，簽什麼字啊。送他回去。」說著，俞泰將筆錄收進了自己的提包裏，這份東西他可不敢外洩。

俞泰私下找到了秦屯，說：「秦副書記啊，這個案子不能審下去了。」

秦屯愣了一下，不高興地說：「怎麼審不下去了？你就不能用點手段，逼著他交代嗎？」

俞泰說：「不是的，他倒不是不交代，只是他交代的內容……」說著，將那份筆錄遞給了秦屯。

秦屯接過來一看，臉色頓時變了，叫道：「這完全是胡說八道，根本就沒有這麼回事。我給他錢，我給他錢幹什麼？」

俞泰看秦屯這個慌張的樣子，便知道許先生說的是事實了，於是說：「秦副書記，你先冷靜一下。」

秦屯看看俞泰，說：「老俞啊，你相信這個姓許的說的是真的嗎？」

俞泰搖搖頭說：「我當然不相信了，不過我認為，這個案子不能繼續審下去了。再審下去，還不知道這個姓許的傢伙會說出什麼來呢。」

秦屯心裏痛了一下，這可是幾百萬啊，就這麼白白讓姓許的拿走了嗎？這個姓許的真是狡猾，該交代的不交代，不該交代的瞎交代，看來這傢伙是吃定自己不敢承認送了他幾百萬這件事了。

他有些不甘心的說：「老俞啊，就沒有別的辦法了嗎？田海那十萬可是真的交給了他的。」

俞泰說：「現在關鍵是，姓許的不往田海那個方向交代，他一定要扯上你。目前還只是個苗頭，如果後面他說出更不堪的事情來，我怕也是很難控制這個局面了。」

俞泰今天是因為靠著副局長的威勢和那名刑警是他的親信，才敢將這份筆錄抽出來給秦屯看，後面如果繼續審下去，他不可能每次都能將筆錄撤下來；萬一許先生再提出個什麼證據來，他查和不查都不對，因此明智的做法還是趕緊停下來。

秦屯想來想去還是不甘心，這可是幾百萬啊，比剜了他的肉都痛，他對俞泰說：「老俞啊，你能不能安排我私下見他一面？」

俞泰愣了一下，說：「秦副書記，你見他幹什麼？」

秦屯說：「老俞，我們是這麼多年的老朋友了，相信你不會害我吧？」

俞泰說：「秦副書記，你這說那裏的話呢，我能當上這個副局長，都是你大力相助的，我感激都來不及，又怎麼會去害你呢？」

秦屯便坦白承認說：「那好，我就跟你實話實說吧，這個姓許的在筆錄上說的都是真的，我確實是給了他很多的錢，有些錢還是我跟別人借的呢。當初別人介紹這個許先生給我認識的時候，說這傢伙認識中央的領導某某，我就信以為真了，想要通過他讓某某提拔一下我。」

俞泰驚訝的說：「你是說中央的那個某某？」

秦屯說：「是啊，我就是因為某某，才給了他幾百萬。現在我已經明白，這傢伙根本就是在騙我的，因此我才說動田海舉報他，想通過這個途徑，好把我的錢拿回來。你安排我跟他見一面，我跟他好好談談，只要他能把我的錢還退回來，就可以把他放了。」

俞泰表情嚴肅地說：「秦副書記，我可要提醒你一下，安排你跟他見面可是違反紀律的，一旦曝光，可能反而會害了你。」

秦屯說：「老俞啊，你在公安界這麼多年了，這麼件事情都安排不好嗎？你放心，一旦出了什麼事，我會擔起責任來的。」

俞泰想了想，他不想得罪秦屯，也覺得自己應該可以找到適當的見面機會，便說：「好吧，我來安排你見他一面。」

時近午夜，俞泰忽然帶著一名刑警來到了看守所，讓值班民警把許先生提出來，他要連夜審訊。

值班民警睡眼惺忪，也就沒十分去注意俞泰帶來的那名刑警究竟是誰，那名刑警故意站在陰影裏，讓人看不到他的臉孔。

許先生睡得正酣，被民警帶到了詢問室，心裏煩躁得很，看到俞泰和一名穿著警服的人，不高興地說：「警察先生，你不用跟我玩熬夜審訊這一套了，你要問案情是吧，來，我都告訴你。」

民警推了許先生一把，說：「去坐下。」

許先生便去嫌疑人坐的那個位置坐了下來，民警就離開了。

那名穿警服的人本來背對著門口，這時轉過身來，對俞泰說：「老俞，你到門口去看著，我跟許先生聊聊。」

俞泰答應了一聲，便走向門口，注視著門外的動靜。

許先生這時看清了穿警服的人的臉，不由得驚叫了一聲：「秦屯，怎麼是你？」

秦屯走到了許先生面前，陰陰的笑了笑，說：「許先生，我們又見面了。」

許先生說：「秦屯，這一切都是你安排的，是吧？你真是吃了雄心豹子膽了，竟然敢抓我，你相不相信我能讓某某撤了你？」

秦屯笑了，說：「許先生，都到了這個地步，你就別再騙了，你真認識某某嗎？」

許先生頭昂了起來，說：「當然了，我跟某某可不是一般的關係。」

秦屯笑笑說：「那為什麼你被抓到海川這麼長時間了，還沒有人打電話過來救你啊？你不是認識某某嗎，只要他打個電話過來，我想我們海川市是沒有人敢留著你不放的。」

許先生狡辯說：「某某是什麼人，他可是很忙的，可能我的家人還沒聯繫上他。我跟你說，秦屯，你現在放了我還來得及，否則等某某知道了這件事情，你後悔都晚啦。」

秦屯說：「真的嗎？你現在是不是很想讓某某知道這件事情？我身上帶著手機，你告訴我某某的號碼，我幫你打給他。」

許先生看了看秦屯，說：「你這是想跟某某直接聯繫，我才不上你的當呢。」

秦屯冷笑了一聲：「那就是說你沒有某某的號碼了?!姓許的，你是不是到現在還沒弄清楚自己的處境啊？你已經被我抓到海川來了，這裏可是我的地盤。」

許先生不屑地說：「你的地盤又能怎麼樣？我就不相信你能對我怎麼樣。」

秦屯伸手一把掐住了許先生的脖子，叫道：「我能怎麼樣？信不信我能弄死你啊？」

秦屯臉上滿是猙獰，許先生恐懼的叫了起來：「秦屯，這可是在看守所，你想幹什麼？」

俞泰這時也轉過身來，拉開了秦屯，說：「秦副書記，你先冷靜一下。」

秦屯也意識到自己失態了，恨恨地說：「這傢伙真是氣人。」

俞泰說：「別被他激怒了，趕緊談要談的事。」

秦屯點點頭，說：「我知道了。」

俞泰再次去了門口。

秦屯看了看許先生，說：「許先生，我也不想太為難你，你前前後後拿了我幾百萬，只要你把這筆錢退給我，我保證放你回北京去。」

許先生說：「話說清楚，這幾百萬我可沒拿，按照你當初的吩咐，都給某某買禮物了。」

秦屯冷笑一聲，說：「許先生，不要再用某某來騙我了，你要知道，你現在是在看守所，這裏面關的可都是些危險人物，你如果還是不老實，難免會有個閃失，到時候，怕是你有命來，沒命回去啊。所以我勸你還是識相一點，早點把錢退回來，就可以早一點離開這是非之地。」

許先生打了一個寒顫，秦屯也許無法對他怎麼樣，可是這裏面的犯人可就很難說了，秦屯今天晚上能過來見自己，就說明他跟看守所裏的警察早就勾結好啦，如果這些警察跟犯人們示意對付自己，那自己可真是完蛋了。現在秦屯已經識破自己的騙局了，再用某某也唬不住他啦。

許先生叫道：「秦屯，你可別胡來啊。」

秦屯說：「姓許的，跟你說句實話，我只是想拿回自己的錢，如果你不能讓我滿意，那就別怪我對不起了。」

許先生畏懼的看了看秦屯，說：「我也想退給你啊，可是我現在沒錢啊。」

「胡說，你騙我的錢弄哪去了？」秦屯不相信。

許先生說：「那些錢早就花掉了，你也知道我這個人大手大腳慣了，手裏有了錢哪裡還存得住，一進我的手就沒了。不信，你查我的卡看看，帳戶上都沒幾塊錢。你想要你的錢也不是不可以，你先把我放了，等我再弄來錢就還給你好啦。」

秦屯一想也是，當初自己剛認識他的時候，就幫他付了在上海餐館的欠款將近十萬，當時就覺得這傢伙真是大手筆，不過，那時候自己是認為這姓許的有實力，哪想到這傢伙根本就是騙別人的錢在消費。連吃飯都花這麼多錢了，更別說住五星級賓館、養保鏢、開豪車之類的消費了。

秦屯有種傻眼的感覺，這傢伙還真是能揮霍，短短時日，竟然把自己的幾百萬花得精光，這可要怎麼辦？難道真要放他出去弄錢賠給自己嗎？且不說放出去再抓不抓得回來，就算能夠抓得回來，這傢伙出去弄錢也肯定是跟現在一樣，到處招搖撞騙。

秦屯有些騎虎難下的感覺，放了這個姓許的，他的錢就這麼白白損失了，這讓他怎麼能甘心；不放吧，他又拿不出來錢來，關著也是白關，時間久了，還會被人懷疑，更可能說出自己送給他幾百萬的事情。

秦屯心中恨極了許先生，上去狠狠給了許先生兩個耳光，然後罵道：「你這王八蛋，我真是被你害死了。」

俞泰聽到打耳光聲，回過頭來說：「別打他臉，臉上有傷痕的話，很容易被人注意的。」

秦屯看了看俞泰，說：「老俞啊，這傢伙就是一個光棍，擠不出錢來了，你說怎麼辦啊？」

俞泰說：「那我也沒辦法啊。時間已經不短了，你們談完了嗎？」

秦屯嘆了口氣，說：「再談下去也沒用啊，錢拿不回來了。」

俞泰說：「那先把他送回去吧，時間久了，會引起人懷疑的。」

秦屯無奈地說：「也只好這樣了。」

俞泰就走到了許先生的面前，指著他的鼻子說：「姓許的，你可給我聽清楚了，今晚的事情對任何人都不能講，一旦我聽到一點風聲，這裏可完全是在我的掌控下的，我會讓人好好收拾你的，知道嗎？」

許先生點點頭說：「我知道了。」

俞泰又說：「我再警告你啊，在審訊中不准再提起秦副書記的事，否則你的下場會很慘的。」

許先生立刻說：「我明白。」

俞泰就去讓民警將許先生送回監室，自己跟秦屯離開了看守所。

在車上，秦屯心痛自己的錢，不斷破口大罵許先生是王八蛋，不得好死。俞泰等秦屯平靜了些後，問道：「秦副書記，下面怎麼辦？放了他還是……？」

秦屯想了想說：「放了太便宜他了，反正有田海的舉報在，先關著，想辦法在裏面給他點苦頭吃。」

俞泰說：「這個容易。」

於是許先生就被關在了看守所裏，俞泰也不去審他，就把他放在那裏。許先生在裏面的日子並沒有因為俞泰不審他就好過些，他不時受獄霸的欺負，被人想盡辦法捉弄，實在是苦不堪言。

因為金達提出要找賈昊想辦法拯救海川重機集團，傅華就約了賈昊一起吃飯。

席間，傅華跟賈昊說了海川重機的情況，賈昊說：「我知道這家公司的情況，現在已經虧損快兩年了，再無法扭虧為盈的話，只能被下市了。」

傅華說：「現在我們市長說，想要我找師兄想想辦法，看看能不能拯救一下這家公司。」

賈昊看了看傅華，說：「小師弟，你這是要給我找事做啊。」

傅華陪笑著說：「你就幫幫我們市長吧，他可是一個很好的領導。」

賈昊說：「這世界上的好領導很多，每一個我都能幫嗎？」

傅華笑說：「這個忙你不幫的話，我可不再陪你出來喝酒了。」

賈昊自從跟文巧分手後，時不時就會找傅華陪他喝酒散心。說起來，這賈昊算是一個很純情的人，以他現在的地位，身邊什麼漂亮的女人都有，可他就是對文巧念念不忘，這段時間他寧可找傅華陪他喝酒，也不肯再找一個女朋友。

賈昊笑了起來，說：「好害怕啊，你以為我找不到人喝酒啊？我不過是跟你在一起喝酒會輕鬆一點罷了。」

傅華不禁勸說：「師兄啊，你跟文巧分手也有些時日了，也該放下了，是不是再找個伴？你如果願意的話，我讓趙婷幫你留意一下。」

賈昊苦笑了一下，說：「還是算了吧，我想一時也很難找到一個像文巧那樣好的了，而且就算找了，我的孩子不滿意，將來還是得散。」

傅華說：「那可就苦了你了。」

賈昊笑笑說：「沒什麼，人生在世，不可能做到事事順心的。好啦，感情上的事都是一團亂麻，一時半會兒也說不清楚，還是說說你的海川重機吧，這件事情你現在找我還早了一點。」

傅華不解地說：「怎麼說？」

賈昊說：「我只是管理上市公司的事務，我可以批准別的公司兼併重組海川重機，可是一時也很難幫你找到一家公司來兼併海川重機，所以這件事情，你這個時候來找我是不對的。」

傅華問說：「那我應該怎麼辦呢？」

賈昊建議說：「你去跟頂峰證券的潘濤商量一下，他能操作這些公司兼併重組的事情的，等他找好了能兼併的公司，你再讓他來找我。」

傅華說：「行，回頭我跟潘濤約一下。」

傅華就打電話約了潘濤見面，潘濤問清了傅華有什麼事情，便笑著說：「謝謝老弟送生意來給我做，你帶資料來我辦公室吧，等我看了資料再詳談後面該如何去做吧。」

傅華就帶著資料去了潘濤的頂峰證券，去時潘濤辦公室裏正有客人，他的助理接待了傅華，給傅華倒了茶，讓傅華等一下。

傅華看潘濤的助理有別於一般老總的助理，是一個很水嫩、二十多歲的年輕男子，個子不高，看上去很漂亮，送茶給傅華的時候，還翹著蘭花指，說話聲音奶裏奶氣，讓傅華起了一身的雞皮疙瘩。

過了一會兒，潘濤送客人出來，看到傅華，立刻把他請了進去。

傅華把資料交給了潘濤，潘濤大致看了看，說：「倒是可以操作，你等一下，我讓業務經理過來，大家一起談一談。」

潘濤就撥打了內線電話，說：「小談，你過來我辦公室一下。」

放下電話之後，潘濤對傅華說：「小談是我們的王牌，由她來操作，保證讓你滿意。」

傅華笑笑說：「那謝謝了。」

潘濤笑說：「老弟，不用這麼客氣，我這也是生意，大家是互助關係。」

這時，門被敲響了，一個年輕靚麗的女子走了進來，面帶微笑說：「潘總，找我有什麼事？」

傅華知道這個女子就是潘濤所說的小談了。

小談穿著一身淡雅的灰色套裝，中等個子，年紀頂多二十出頭，齊耳短髮，面龐清秀，一雙眼睛雖然不是很大，卻分外有神，很符合時下職業女性的形象。

傅華連忙站了起來，潘濤也站了起來，說：「我給你們介紹，這位是我們頂峰證券的業務經理談紅，這位是海川市駐京辦的主任傅華。」

傅華伸出手跟談紅握了握，笑著說：「很高興認識你，想不到談經理這麼年輕。」

傅華心中對這談紅印象不錯，只是感覺這談紅也太年輕了，不知道她有沒有能力擔起拯救海川重機集團的重任，實在令人擔憂。

談紅跟傅華握了手，說：「傅主任看上去年紀也不大啊，怎麼會說這麼老氣橫秋的話？」

傅華便知道談紅是嫌自己說她很年輕，便看了看潘濤，笑說：「潘總，真是強將手下無弱兵啊，談經理真是口才便給啊。」

潘濤看出傅華似乎對談紅不太放心，便說：「老弟啊，別看我們小談年輕，她可是從華爾街回來的精英，行內的一把好手啊。」

談紅笑笑說：「潘總，別吹捧我了，我們還是來談談要做什麼吧。」

三人就坐了下來，潘濤把傅華帶來的資料遞給了談紅，談紅接過去，認真的翻閱了一遍，看完之後，說：「只有一年時間，時間可是很緊迫啊。」

潘濤問：「小談，你覺得可以操作嗎？」

談紅點點頭說：「可以啊，我覺得海川重機很乾淨，沒有進行過大的炒作過，很適合進行重組操作。」

傅華說：「談經理，事先聲明，我們是想要拯救這個海川重機企業，可不是為了提供空殼資源給你們操作用的。」

談紅笑了，說：「傅主任，你稍安勿躁好不好？我們如果沒法使得海川重機盈利，就是操作也是無從獲利的。」

傅華重申說：「談經理是不是以為我是個外行啊？是的，一個企業盈利的方式很多，很多操作方法完全可以使得上市公司實現帳面盈利，我可說清楚，我想要的是實際性的改變，而不是讓你們為了從中牟利而做的不實虛報。」

談紅有趣的看了看傅華，笑說：「想不到傅主任對這裏面的事情是門兒清啊。」

傅華說：「我們在這上面吃過虧，也算是吃一塹長一智吧。」

在百合集團兼併海通客車的兼併案中，海川市已經吃過一次虧了，高豐將海通客車包裝成汽車城項目置於上市公司百合集團之中，從股市上賺取了豐厚的利益，但對海通客車基本上沒做任何改變，導致海通客車最終癱瘓，這個教訓可謂十分慘重，傅華不想給金達再造成這種麻煩了。

談紅面有難色地說：「這可就有難度了，傅主任，你要知道，重機行業現在很不景氣，現在的虧損是行業性的，因此海川重機並不是什麼市場關注的焦點，再加上只有一年扭虧為盈的時間，這種狀態下，你還要我幫你們做實際性的改變，很難啊。」

傅華笑說：「談經理不是華爾街歸來的精英嗎，有點難度才具有挑戰性啊。」

談紅笑了起來，說：「傅主任是在考我呢。」

潘濤在一旁說：「小談，這個傅老弟是我的朋友，你好好籌畫一下，把這件事情幫他解決了。」

談紅說：「潘總，這要給我一點時間，我需要找到一個肯接盤的公司。按照傅主任的意思，是想找一家很優質的公司，那就更得要時間了。」

潘濤說：「行，你去操作吧，需要什麼配合可以跟我說一聲。」

談紅說：「好的。」就帶著資料出去了。

傅華對談紅總覺得不是很放心，便看了看潘濤，說：「潘總啊，這個小談行嗎？我總覺得由她來操作，似乎有些不太穩妥。」

潘濤聽了，笑說：「老弟，你不懂的，我們這個行業發展還沒幾年呢，從業的人員都是年輕人，精英分子更是年輕，你想找年紀老的，我怕還真是難以給你找到。你放心，小談的能力很強，不會讓你失望的。」

傅華只好說：「好吧，反正這個事情我交代給潘總了，潘總可要多費心啊。」

海川市，伍弈的山祥地產正式掛牌營業，為此，伍弈舉行了盛大的開業典禮，鄭勝也到場祝賀。

鄭勝說：「伍董啊，你這是挾著股市上的重金進軍海川房地產業，看來是要在海川市大展拳腳啊。」

伍弈笑笑說：「鄭總，你別笑話我了，在房地產行業你是前輩，我是新進門的小兄弟，今後還要多提攜我啊。」

鄭勝聽了，說：「伍董，你不要這麼謙虛了，你們山祥礦業實力雄厚，在房地產業肯定會發展得風生水起，哪裏輪得到我來提攜，是你們提攜我們海盛置業才對呢。」

伍弈謙虛說：「我總是新進來的，很多事情還不懂，今後還要多請教你。」

鄭勝笑笑說：「客氣了。」

這時，伍弈看到新任市長金達的車到了，金達是伍弈特別邀請來揭牌的，便說：「金市長來了，我們一起去迎接吧。」

鄭勝便和伍弈一起迎了過去。

金達下了車，伍弈趕忙過去跟他握了手，說：「金市長能夠光臨，我們山祥地產真是不勝榮幸啊。」

金達笑說：「伍董啊，你的山祥礦業是我們海川市的納稅大戶，對我們海川市的經濟貢獻很大，現在又開辦了這家地產公司，更是為我們的經濟發展添磚加瓦，我應該來祝賀的。」

伍弈高興地說：「謝謝金市長對我們山祥企業的大力支持。」

金達看到了伍弈身後的鄭勝，便說：「鄭總也來了？」

鄭勝上前跟金達握手，笑說：「伍董的地產公司開業，我們這些同行理應到場祝賀的。」

金達笑笑說：「對，對，希望你們這些做房地產的，能夠同心協力，共同建設好海川。」

鄭勝和伍弈齊聲說：「我們一定不辜負金市長對我們的期望。」

金達說：「兩位言重啦，兩位對我們海川的經濟都是做出很大貢獻的人，我這個做市長的才應該謝謝你們啊。」

談笑間，伍弈把金達請到了公司門前，請金達講話，金達簡短的講了幾句，無非是祝賀開業，希望財源廣進之類的話。金達講完，伍弈就邀請他跟自己共同為山祥地產公司揭牌，兩人便一起扯掉了蒙在公司牌匾上面的紅綢，揭牌儀式正式完成。

典禮結束後，金達要去趕下一個行程，伍弈和鄭勝等人一起送金達離開。金達跟他們握手告別之後，便上了車，伍弈很自然地把一個手提袋放到了車上。

金達看到了，問伍弈：「伍董，你這是幹什麼？」

伍弈笑笑說：「沒什麼，金市長，這不過是一份開業的紀念品。」

金達打開袋子，看了看裏面的東西，拿出了一個刻著山祥地產名字的水晶鎮紙，說：「這個鎮紙很漂亮，我就收下來做個紀念吧。其他的，還請伍董拿回去吧。」

伍弈有些尷尬的說：「這其他的東西也是些不值錢的小玩意，給金市長作紀念的，您就請收下吧。」

金達笑說：「我已經收下紀念品了，我會把這個放在辦公桌上，時時看著你們山祥地產的名字，我想這應該足夠了吧？」

伍弈不好再說什麼，便把東西接了過來，笑著說：「金市長真是廉潔啊。」

金達擺擺手說：「好啦，我走了。」

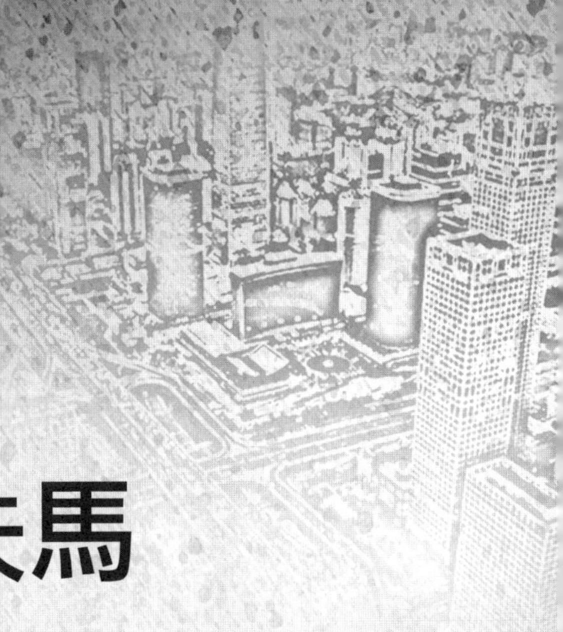

第十章

塞翁失馬

許先生在酒桌上喝到酒酣耳熱的時候，
忍不住想到在海川看守所的難熬歲月，心中暗自感嘆，
古人真是聰明，知道塞翁失馬、焉知非福的道理，
秦屯啊，你本來是想整我，哪知道帶給我的是更好的享受呢。

金達離開後，鄭勝便也告辭，他去了西嶺賓館。

劉康正在辦公室喝茶，見到鄭勝，說：「鄭總穿著這麼正式，這是從哪裡過來的？」

鄭勝說：「我剛去參加一個本地房地產企業的開業典禮，去給朋友捧場，不得不穿得體面一些。」

劉康笑了笑說：「去給競爭對手祝賀，鄭總倒是很有雅量，是哪家公司啊？」

鄭勝回笑說：「是山祥礦業的伍弈開的，叫山祥地產。金達市長也去了。」

劉康現在對海川地面已經很熟悉了，他知道山祥礦業與傅華有很大的淵源，山祥礦業在香港借殼上市，傅華從中出了很大的力。

劉康說：「這個伍弈倒是雄心勃勃啊，礦業做得好好的，竟然伸出一腳踩到你的地盤來了。」

鄭勝笑了，說：「地產業不是那麼好進的，他要想在這裏面興風作浪，還得好好修煉一下。這裏面可不是有錢就玩得轉的。」

劉康說：「看來鄭總對自己很有信心啊？」

鄭勝笑笑，說：「我在這裏面摸爬滾打多少年了，對付一個新手還是綽綽有餘的。」

劉康說：「你也別太輕敵了，你沒看金達也到場祝賀了嗎？這傢伙也在走上層路線呢。」

鄭勝說：「看上去金達似乎對伍弈還是保持著一定距離的，請金達到場可能只是伍弈用來撐場面的。」

劉康說：「怎麼說？」

鄭勝笑笑說：「典禮結束後，伍弈送了金達一份禮物，雖然我不清楚禮物實際的內容是什麼，但我想伍弈出手絕不可能小氣，因此這份禮物肯定分量很重。但是金達卻沒有接受，僅僅從中拿了一個水晶的鎮紙，其他的都退還給了伍弈。」

劉康訝異地說：「伍弈的東西，金達也沒收啊？」

鄭勝笑笑說：「這個也字，說明你也送過金達東西了吧？」

劉康點點頭，說：「前些日子我陪金達視察了新機場工地，走的時候，我給他準備了一張銀行卡，偷著塞到了金達手裏，沒想到金達直接給我推了回來，鬧得我當時挺尷尬的。」

鄭勝說：「劉董，您對這兩件事情是怎麼看的，金達不會真的是一個清官吧？」

劉康搖了搖頭，說：「我也有些拿不準，不過，現在的貓兒還有不吃腥的嗎？我覺得可能是金達跟我和伍弈都不是很熟，這種不熟的狀態下，他感到不安全，因此不敢貿然的收受什麼禮物。」

鄭勝說：「我也是這麼想的，金達很可能是下車伊始，先裝一陣子清廉的，等過了這陣子，還不知道要怎麼想辦法勒索我們呢。」

劉康笑笑：「我現在倒是希望他趕緊勒索我們一下，新機場項目我們很多地方還有賴金達的支持呢，儘快建立起良好的關係，對我們是有利的。對了，你們分包新機場項目的附屬工程部分，近期要保證建築品質，別讓金達挑了毛病去。」

鄭勝說：「我會注意的，你別說，這個金達沒擺平，還真是不如徐正市長在的時候自在。這個徐正也是的，喜歡玩女人在家裏玩嘛，我的海盛莊園什麼樣的女人弄不到，黑人不是嗎，一樣搞得來，有必要把命都搭到國外去嗎？」

劉康略顯尷尬的笑了笑，這畢竟是他一手造成的，因此也無法埋怨什麼，便說道：「好啦，現在事情已經發生了，再去說這些也沒什麼用處了。」

鄭勝說：「這倒也是，還是儘快想辦法把金達擺平了才是正著。」

金達在外面參加完活動回到市政府時，已經是傍晚了，傅華的電話打了進來，金達接通後，笑著說：「什麼事情啊，傅華？」

傅華說：「是這樣，金市長，海川重機的事，我已經跟北京的頂峰證券聯繫了，您的要求我都跟他們講了，他們的業務部門願意幫我們拯救這家公司，不過，因為要找一家優質的公司接盤，因此需要一點時間。」

金達說：「行，你就去做吧，有什麼需要市裏面配合的，跟我說一聲。」

傅華答應道：「好的。」

金達接著說：「傅華啊，我今天馬不停蹄地跑了一天，真是累啊，我還真懷念以前悠閒的時光，做副市長的時候，按照市裏面的決策管好自己的事就好了，現在可好，很多事情都得我管，都需要我拍板，責任重大啊。」

傅華笑說：「權力大了，也就意味著責任更大了。」

金達說：「那倒是，誒，你知道伍弈新開了一家房地產公司嗎？」

傅華說：「他跟我提過，很希望得到您的支持啊。」

金達說：「我很支持他啊，上午還去幫他揭牌了呢。只是有一點不好，這傢伙想要行賄，被我擋了回去。現在這些商人也是的，動不動就想拉攏腐蝕我們這些幹部，真是受不了。你知道嗎，傅華，我前些天去新機場工地，劉康竟然塞了一張銀行卡給我。」

傅華訝異地說：「劉康也想向你行賄？千萬別收啊。」

金達笑說：「我當然不會收了，不過老是碰到這樣的事，真是很令人討厭。」

傅華無奈地說：「這是社會風氣的問題，商人們都習慣這樣做了，我想只要金市長您能堅持住原則，這種歪風邪氣就腐蝕不了您。」

金達說：「原則我是會堅持的，但有些時候也不得不有些小妥協，今天我就拿了伍弈一個水晶鎮紙，不值錢的，我是覺得過於峻拒他，會無法拉近彼此的聯繫，算是出於人情給了他一個面子吧。」

金達這麼做，是他開始懂得了圓融之道，傅華心中暗自讚許金達的智慧，看來郭奎還真沒看錯他，這麼快就進入角色了。

不過另一方面，劉康已經開始打金達的主意了，這可要提醒他注意一下，傅華便說：「伍弈這是小事，他不過是想獲得你的支持而已。我想提醒金市長注意的是劉康，劉康這個人很危險，他為了自己的利益，是什麼事情都做得出來的；據我岳父說，跟劉康合作的人，很多最後都沒有什麼好下場。」

金達笑了笑說：「我知道了，我會小心應對他的。」

傅華聽出金達並不是十分在意的樣子，便說：「金市長，這可不是因為我和劉康之間的矛盾才這麼說的，劉康這個人真的是很危險，你看看徐正市長的下場就知道了。」

金達詫異地說：「你是說徐正的死跟劉康有關？」

傅華點點頭：「我認為是有關的，你想，徐正市長是第一次到巴黎，又帶著一大隊人馬，他從什麼途徑去找應召小姐啊，除非是有人私下幫他安排的。而劉康據說當時也在巴黎，還跟考察團住在同一家賓館，這難道僅僅是巧合嗎？」

金達沉吟了一會，說：「肯定不是巧合，我想劉康就是衝著徐正才去的歐洲。」

傅華說：「對，可能劉康為了討徐正的歡心，刻意安排了一名應召女郎給他，沒想到徐正會突發意外。」

金達慎重地說：「傅華，你這麼說，我心裏就有數了，這個劉康還真是沾不得的。」

傅華見已經引起金達對劉康足夠的警惕，便放下心，跟金達又聊了幾句之後，就掛了電話。

傅華看看時間，已經過了下班時間，窗外的馬路上已經亮起了路燈。傅華並沒有收拾東西回家，他約了一個人要來談事情。

又過了半個多小時，辦公室的門被輕輕的敲響了，傅華喊了一聲進來，一個帶著鴨舌帽的矮個男子閃了進來。

傅華說：「小蔡啊，你們做私家偵探的，平常的行動都這麼鬼祟嗎？」

被稱作小蔡的男子笑了笑，說：「做我們這一行的，最好是不要被人發現蹤跡，所以習慣上行動都很謹慎小心的。」

傅華笑笑說：「你可真是有夠專業的，坐吧。」

兩人就去沙發上坐了下來，傅華問說：「我讓你查的事可有什麼線索了？」

小蔡說：「我查到點線索，不知道對你有沒有什麼用。」說著，小蔡從提包裏拿出了幾張照片，遞給了傅華，說：「你看，這上面的男子，據我瞭解到的情況，這個人跟小田關係十分鐵，小田出事之前，兩人往來十分的密切。」

傅華接過來看了看，只見照片上有個二十多歲的男子正坐在一家酒吧的吧臺上喝啤酒，男子一臉凶狠的樣子，鬢角有一道刀疤，一看就不是什麼善類，很像跟小田一路上的人。

這可能正是自己想要找的人，傅華問小蔡道：「知不知道他叫什麼名字？」

小蔡說：「不知道真名，不過據酒吧的酒保說，經常看到這個人，好像他的朋友都叫他刀疤臉，沒喊過他的名字。」

傅華又問：「這家酒吧叫什麼名字？」

小蔡說：「叫『天萌』，酒保說他通常晚上十點鐘後會去。」

傅華說：「行，小蔡，謝謝你了。」

小蔡笑笑說：「謝什麼，是您照顧我生意嘛，今後若有類似的需求，記得找我。」

小蔡就離開了，傅華拿著刀疤臉的照片仔細端詳著，也不知道這傢伙跟小田之間到底關係密切到什麼程度，小田有沒有告訴過他什麼事情，尤其是關於吳雯錄下來的那張視頻光碟，小田有沒有讓這個刀疤臉幫他保存一份。

原來傅華並不甘心放棄追查劉康的犯罪證據，他覺得放棄了對不起吳雯，吳雯當初幫了他那麼大忙，就是為了回報，他也應該堅持調查下去。可是為了不讓趙婷、趙凱他們為自己擔心，他把調查轉入了地下，他通過朋友的介紹，找到了私家偵探小蔡，讓小蔡想辦法調查一下，看找不找得到與小田往來密切的人。

雁過留痕，傅華相信劉康無法完全毀滅他的犯罪證據，肯定會有什麼留存了下來，特別是小田當時身處危險的境地，通常不會只備份了一份光碟，保險起見，他應該多備幾份，以備萬一。

現在警方對小田出車禍的調查已經結束，雖然傅華把凶嫌的方向指向了劉康，可是劉康有目擊證人證實他不可能出現在案發現場，使案件又走進了死胡同，調查被迫停滯了下來。

傅華指明當時自己之所以出現在案發現場，是因為小田向自己提供一份光碟，警方因此也搜查了小田的住處，卻沒有發現任何有關案情的東西，更不用說什麼光碟了。因此，傅華認為，小田怕有人會搜查他的住處，已經將光碟移到了別的地方，而這個地方很可能是他的好朋友那兒。

因此，找到小田的朋友便成了傅華最急切想要達到的目標。

幸好這小蔡頗有兩把刷子，真的找到了小田的朋友刀疤臉。傅華決定今晚就去會一會這個小田的鐵哥們，看看能不能找到什麼線索。

晚上十點，傅華走進了天萌酒吧，酒吧裏音樂聲轟鳴，有不少人在舞池裡跳舞，傅華走到吧台前坐下，讓酒保給自己倒了一杯啤酒，然後就把刀疤臉的照片和一張百元人民幣放在了吧臺上，問酒保這個人來沒來。

酒保拿起照片來看了看，說：「是刀疤臉啊，今天還沒來，不過也快來了。」

傅華說：「謝謝，你如果看到他來了，告訴我一聲。」

酒保答應了，順手將一百元的人民幣揣進了兜裏。

傅華就坐在吧台，邊喝酒邊等著刀疤臉。過去將近一個小時，酒保再給傅華倒酒的時候，輕輕地碰了一下傅華的手，說：「你找的人來了。」

傅華回頭，便看到了一個鬢角有刀疤的男子向自己走來，正是照片上的那個人。

刀疤臉走到了吧台，對酒保喊了句「來杯啤酒。」便坐在傅華旁邊。

酒保給刀疤臉倒了一杯啤酒，傅華對酒保說：「這杯酒記我賬上，我請。」

刀疤臉看了看傅華，說：「朋友，我們認識嗎？」

傅華搖搖頭，說：「我們不認識，不過我們有一個共同的朋友。」

刀疤臉說：「誰啊？」

傅華問：「小田這個人你認識吧？」

刀疤臉身子抖了一下，眼睛警惕的四下看了看，確信沒什麼狀況，這才恢復了常態。

刀疤臉說：「朋友，你認錯人啦。」

刀疤臉的一舉一動都看在傅華眼中，他可以確信這個刀疤臉確實是小田的朋友，而且刀疤臉已經知道小田出事了，因此才會那麼警惕。

傅華說：「朋友，你不用否認，我知道你跟小田關係很鐵，放心，我只是想問你點事情，並沒有什麼惡意。」

刀疤臉看了傅華一眼，說：「朋友，跟你說了，我不認識什麼小田小李的。」

傅華說：「不對，你肯定認識他，我來就是想問一下，小田是不是有什麼東西留在你那裏了？如果有的話，我很想知道是不是一份光碟？」

刀疤臉仍堅持說：「你煩不煩人啊，我都跟你說了，我不認識什麼小田小李，更沒有什麼光碟不光碟的。」

傅華說：「朋友，我不是來害你的，我跟劉康沒什麼關係，小田出了事你肯定知道，難道你作為小田的朋友，就不想為他做點事情嗎？如果小田真的給你留了什麼東西，你可以交給我，或者我給你錢，跟你買也可以。」

刀疤臉遲疑了一下，看了看傅華，然後說：「跟你說了，我不認識他，你這個人有沒完啊？真是怕了你了，喝點酒都不得清閒。」

刀疤臉的遲疑都看在了傅華眼中，讓他越發堅信刀疤臉手中一定有小田留下的什麼東西，但眼下似乎刀疤臉在顧慮著什麼，不想承認這一點。

傅華覺得不能逼得刀疤臉太緊，還是給他一點空間讓他思考一下，也許這樣他能交出小田留下的東西。

傅華拿出了一張名片，放到了刀疤臉面前，說：「朋友，我真是很想拿到小田留下的東西，花點錢買回來也可以，這是我的名片，你如果想起什麼來的話，可以給我打電話。」

刀疤臉看了看傅華，說：「你這個人真是夠煩的，都跟你說了，我不認識他，名片拿走。」

傅華說：「名片我放在這裏，拿不拿隨便你，反正我是很有誠意的。不打攪你了。」

傅華說完，付了帳，離開了天萌酒吧。

他已經把話給刀疤臉撂下了，在他看來，如果這個刀疤臉手裏真有什麼東西，很可能經不起利益的誘惑賣給自己，因為他看到刀疤臉雖然對自己的態度很不好，卻沒有將名片推回來，而是任由傅華放在他面前。傅華賭刀疤臉一定會拿走的。

傅華回到家已經很晚了，正好碰到趙凱應酬回來，自從吳雯出事後，這段時間傅華和趙婷一直住在趙凱家，反正趙凱的房子夠大，住起來也很方便，何況趙凱也不放心趙婷的安全。

趙凱看了看傅華，說：「傅華，做什麼去了，這麼晚？」

傅華不想承認自己去找小田的朋友，便說：「跟朋友有一個應酬，玩得瘋了點，就晚了些。」

趙凱懷疑的上下打量了一下傅華，說：「看你的樣子，好像沒喝什麼酒啊？玩什麼玩這麼晚？」

傅華心虛的說：「是跟朋友一起去唱歌，唱得太興奮了就沒注意時間。」

趙凱說：「傅華，我不是要管你，你也知道，你最近發生了這麼多事，一個人在外面很不安全，以後注意點，不要玩這麼晚，知道嗎？」

傅華點了點頭，說：「知道了爸爸。」

趙凱說：「那早點休息吧。」

傅華回到房間，趙婷已經睡了，他卻很興奮，一時難以睡著。吳雯被害和自己出車禍的事，總算又有了一點曙光，希望刀疤臉能夠在錢的誘惑下，主動聯繫自己，把小田留在他那兒的東西交給自己。

接連幾天，傅華都在急切的盼望著刀疤臉能主動的跟自己聯繫，但是刀疤臉那邊卻是一片死寂，根本就沒有任何音訊，傅華心中忍不住開始懷疑，自己是不是判斷錯誤了。

金達開始跑市直部門熟悉情況，雖然他在海川市擔任過一段時間的副市長，很多下屬部門的同志都認識，可是他現在畢竟身分不同了，很多工作必須要熟悉起來，因此這是必須要跑的。

這一天的行程安排在了公安局，公安局長關克就過去一段時間的工作狀況向金達作了彙報，彙報進行了一個多小時，金達認真的聽著，不時做做記錄。

彙報完，關克請金達作指示，金達笑了笑說：「我今天來是熟悉情況來的，剛才聽了關局長的彙報，感覺我們海川市公安局的工作做得很好，很及時到位，不愧是一個省級的先進單位，希望同志們不但要繼續保持，還要百尺竿頭更進一步。」

金達特別提到了公安局是省級的先進單位，一方面稱讚了公安局的工作，另一方面也表明他來公安局之前是做了功課的，事先對公安局的情況已經做了一些必要的瞭解。

果然，關克聽金達這麼說很高興，說：「想不到金市長對我們公安局這麼熟悉，感謝領導對我們這麼重視，我們一定不辜負市領導對我們的期望。」

氣氛就不再像彙報工作那樣嚴肅死板了，金達開始跟在座的幾個局長副局長閒聊，詢問一些公安局的情況。

聊天中，金達忽然想到了傅華提到過的許先生的事情，雖然他並沒有插手這件事情的意思，可是一來傅華當初提到這件事情，給他腦海裏留了一個問號，他對事情的後續發展有些好奇；二來，這也可以作為一個話題，借機瞭解一下公安部門辦案的具體情形，於是便說道：

「誒，闞局長，有件事情我想問一下，前段時間公安局在北京抓了一個姓許的商人，現在的情況怎麼樣了？」

闞局長回答說：「這可要問俞泰副局長了，他是分管刑偵的。」

俞泰也在座，突然聽到金達問起許先生的案子，不禁愣了一下，這金達是不是知道了什麼了？

秦屯跟金達爭市長寶座一事，在海川已經是路人皆知的事情，金達這時候突然提到了許先生，是不是他知道秦屯透過許先生花錢買官的事情了？如果金達知道了這件事，那對金達來說，這可是一個很好對付政治對手的機會。

俞泰腦子裏想著事，便有些走神，沒聽到闞克已經把話題引到了他的身上，因此並沒有馬上接過闞克的話。

金達看了看俞泰，說：「俞副局長，我能問一下案子的進展情況嗎？」

俞泰頓了一下，說：「金市長要問當然可以了，是這樣，是我們市農業局副局長田海舉報這個姓許的詐騙，進過初步偵查，我們認為姓許的很可能構成犯罪行為，因此就去北京將他抓獲，帶回海川來審問，只是姓許的矢口否認，審訊進展並不順利。」

金達笑笑說：「哦，是這樣啊，俞副局長，一定要注意工作方法，這畢竟牽涉到北京和海川兩地，情況比較複雜，一定要做到公正合法啊。」

俞泰立刻說：「金市長指示的是，我們會嚴格要求自己的，一定會按照法律的規定辦事的。」

話題說到這兒就撂了下了，這場座談持續到了中午，金達午飯就在公安局的食堂裏跟關克俞泰等人一起吃的，吃的是簡單的便餐，餐桌上的氣氛延續了座談會上的友好融洽，金達和關克等人的距離不覺就拉近了。

金達和關克之間其樂融融，俞泰卻如坐針氈，他弄不清金達問起許先生的案子，究竟是隨口一說還是有所暗示，但不管怎樣，這個案子已經拖了這麼長時間，不能再拖下去了，現在市長都關注上了，再拖下去，怕就拖出問題來了。

吃完午餐後，金達就離開了公安局。

金達一走，俞泰便趕緊去找到了秦屯，「秦副書記，現在苗頭有些不好啊。」

秦屯說：「怎麼了？」

俞泰說：「今天金達去公安局了，座談的時候突然提起許先生的案子，你說他是不是知道了什麼？」

秦屯一驚，看著俞泰說：「你說金達問起了許先生這個案子？他說什麼了？」

俞泰說：「也沒說什麼，只是說牽涉到兩地，事情比較複雜，要我注意工作方法。」

秦屯想了想說：「聽這語氣，不像是他知道了什麼的樣子，倒像是在幫姓許的打招呼的意思，是不是什麼人找了金達了？」

俞泰說：「不清楚，不過，這姓許的不能再關下去了，該放了。」

秦屯有些不願意，說：「這麼快就放他啊，不能再拖一段時間嗎？」

俞泰說：「秦副書記，我知道你的損失很大，可是現在損失已經追不回來了，再拖下去，我怕風聲傳出去，對你對我都是不利的。」

秦屯考慮了一會兒，他也知道這件事再拖下去就會出問題，便說：「好啦，我自認倒楣，便宜這王八蛋了。」

俞泰勸說：「這傢伙在裏面也不好過，被其他犯人整得也是苦不堪言的。」

秦屯心痛的說：「那有什麼用，我幾百萬就這麼沒了啊，如果被人整一下能平白得幾百萬，我倒情願被人整。」

俞泰不知道要如何勸慰秦屯，只好說：「好了，事情已經這樣了，你就別難過了。我要趕緊回去把這傢伙放了，他留在看守所對我來說總是一個心事。」

秦屯說：「好吧，你去吧。」

俞泰就去看守所，把許先生從監室裏提了出來。俞泰看許先生一臉頹敗，一點精神都沒有，知道這段時間他在監室裏被折騰得不輕。

俞泰笑了笑，說：「許先生，我這才幾天沒來看你，怎麼覺得你憔悴了很多啊？」

許先生狠狠的瞪了俞泰一眼，說：「警察先生，你這不是明知故問嗎？我不相信你不知道監室裏發生了什麼事情。」

俞泰笑說：「怎麼，許先生對我們看守所有什麼不滿意的嗎？是不是有什麼要投訴的？」

俞泰這麼說，讓許先生更加恐懼了，他不知道這個警察的笑容背後有什麼陰謀，而且如果他真的投訴，恐怕回監室會被整得更慘，就氣哼哼的說：「沒有了，你們的看守所很好，我沒有什麼不滿意的。」

俞泰心說，算你上道，老子現在迫於形勢不得不放了你，不然的話，真的可以陪你好好玩玩。

俞泰說：「許先生，就算我們的看守所很好，你也不能再待下去了，告訴你一個好消息，我們經過初步的核實，田海舉報你詐騙恐怕跟事實有所出入，我們準備要釋放你。」

許先生愣了一下，他沒想到自己可以就這麼輕易脫身，他看了看俞泰，懷疑地說：「警察先生，你又要玩什麼花樣？」

俞泰笑了，說：「你這人真是奇怪，我是要釋放你，不是要玩什麼花樣。怎麼，你在這兒待上癮了嗎，還想在看守所住下去？」

許先生說：「誰會在這鬼地方待上癮啊？我只是覺得你們的態度怎麼轉變得這麼快。」

俞泰說：「我們是人民的保母，絕對不會放過一個壞人，但也不會冤枉一個好人。好了，現在需要你配合我們做個筆錄，做完筆錄後，經局裏批准你就可以被釋放了。」

許先生擔心的看了看俞泰，他懷疑這其中是不是有什麼陰謀。

俞泰坐了下來，開始跟許先生做筆錄，許先生一字一句都認真琢磨，只要覺得可能是陷阱的地方，他都思考再三才回答。

俞泰將做完的筆錄給許先生看，讓許先生簽字，許先生仔細的看了幾遍，確信沒有什麼陷阱了，這才簽字畫押。

俞泰很快就做出了結案報告，沒幾天就給許先生辦好了釋放手續。

當許先生要離開的時候，俞泰把他叫住了，說：

「許先生，我想你心裏很清楚自己究竟做沒做詐騙這件事，這一次算你僥倖，我希望你被釋放後，對這次發生的事能夠守口如瓶。我警告你，一旦我聽說你胡說八道了什麼，我隨時可以把你再抓回來，不過，到那個時候，恐怕就不會像這次這樣讓你輕易過關了。你明白嗎？」

許先生點了點頭，說：「我明白。」

俞泰揮了揮說：「趕緊給我滾回北京去吧。」

許先生就離開了海川，回了北京。

這一次的牢獄之災，許先生雖然吃了很多的苦，可是最終還是有驚無險的平安度過了。回到北京之後，他在五星級大酒店關起門來將養了幾日，精神很快就恢復了。

這次劫難也給了他一個啟示，讓他明白，實際上那些被騙的官員比自己更害怕事情的敗露，因此他行騙的膽子更大了起來，很快就再次在酒桌上跟人吹噓自己跟中央領導某某的關係是如何如何的鐵，鐵的就像親兄弟一樣。

偶爾會有人提到許先生在北京被警方抓走的事情，許先生便會在臉上浮現出一副不屑一顧的樣子，說：

「誒，那完全是一場誤會，都是海川市那幫鄉巴佬性子急，托我辦的事情，我因為太忙，一時沒有及時的完成，就興師動眾的鬧了這麼一齣。我跟你們說，我人都還沒到海川呢，某某的秘書就打了電話給海川市的市委書記，責問他們為什麼這麼對待我。結果把海川市的市委書記張琳嚇得不行，親自跑到公安局去見我，跟我好一通的賠禮道歉，還請我到他們的海川大酒店去住。我生氣他們無法無天的胡亂抓人，就堅持要待在看守所裏，弄得張琳沒辦法，當著我的面嚴厲的處分了公安局長和來抓我的幾名幹警。我看他的處理還算公正，就不跟他們計較了。」

北京沒有人知道許先生在海川市究竟發生了什麼，當然更沒有人去落實這件事情的真相是怎麼樣，反正人們只知道許先生這一趟被抓，很快就又體體面面的出現在公眾面前，警方似乎並沒有對許先生有什麼冒犯，因此對許先生的說法篤信無疑，這更加印證了許先生跟中央領導某某的關係很鐵。他們便對許先生更加尊敬了起來。

事情就是這樣詭異，現實社會真真假假，變幻莫測，人們在迷信官員權威的同時，都想盡辦法希望自己能夠跟官員們搭上關係，這個時候，他們就會被一些虛構出來或者故意表演出來的事實蒙住了耳目，對一些本來不符合常識的事反而信之無疑。

許先生繼續著他的騙局，在酒桌上，當他喝著茅臺喝到酒酣耳熱的時候，忍不住想到在海川看守所的難熬歲月，心中暗自感嘆，古人真是聰明，知道塞翁失馬、焉知非福的道理，秦屯啊，你本來是想整我，哪知道帶給我的是更好的享受呢。

想到秦屯現在也許正在為被騙了幾百萬心疼呢，許先生臉上漾起了止不住的笑容，最後竟然得意的哈哈大笑起來。

酒桌上的其他人不知道許先生心中在想什麼，只是覺得許先生可能是喝得太高興了，想到許先生喝得這麼高興，一定會跟中央領導某某幫自己美言幾句，其他人心裏也很高興，便附和著許先生，也一起大笑起來。

北京，頂峰證券，談紅的辦公室。

傅華正在看談紅給他的資料。這份資料是國內一家著名的民營綜合集團公司的相關情況匯總，這家公司名字叫做利德集團，涉及到房地產開發、高科技等多種行業。

談紅說：「利德集團正屬於業績上升期，企業這幾年正在高速發展，因此很希望能夠通過上市，讓公司得到進一步的提升。他們找到了我們，本來是想讓我們幫他們籌畫直接上市的，可是目前他們還有些條件不能達到直接上市的要求，因此，我就把你們海川重機的資料給他們看了，他們很有意願。他們的想法是把公司的高科技業務置換進上市公司之中。」

傅華對談紅這麼快就找到了如此一家有實力的優質公司感到很高興，看完資料後，說：「談經理，這家公司真是很不錯啊，謝謝你了。」

談紅笑著看了看傅華，說：「這麼說，傅主任對這家公司很滿意了？」

傅華點點頭，說：「我很滿意，我覺得兩家公司可以展開正式的接觸。」

談紅臉上的笑意更濃了，說：「這麼說，傅主任不再覺得我這個業務經理能力不行了？」

傅華不由得大窘，他沒想到潘濤竟然把自己在背後對談紅的質疑都跟談紅說了。

傅華臉紅著說：「怎麼會，潘總可跟我說，談經理是他手下最能幹的人。」

談紅呵呵笑了起來，說：「那我可就不知道是不是我聽錯了，我從潘總那裏聽到的，可是說傅主任認為我太年輕，可能辦不好這件事情。潘總當時跟我說，一定要我做出個成績給傅主任看看，不能丟了我們頂峰證券的臉。」

傅華尷尬的說：「這潘總真是的，怎麼什麼話都跟你說啊？」

談紅看了一眼傅華，說：「這麼說，傅主任還真的質疑過我的工作能力了？」

傅華越發尷尬，笑著說：「談經理，是不是你們這些國外回來的都這麼得理不饒人啊？」

談紅說：「這倒不是，可是你不根據實際情況，僅僅根據一個人的年紀就去判斷他的工作能力，實在是太不客觀了。要知道有志不在年高，無志空活百歲。古時候，甘羅十二歲就當上了宰相……」

傅華笑了起來，打斷談紅的話：「談經理，你今天是不是準備好了一大套的理論要來教訓我啊？」

談紅說：「是啊，我還從來沒被人這麼看不起過。」

傅華趕忙說：「好好，我跟你道歉，說實話，當時我看談經理這麼年輕，還是一個女人……」

談紅打斷了傅華的話，有點惱火的說：「女人怎麼了，哦，你歧視女性。」

傅華苦笑了一下，說：「對不起，對不起，我只是隨口一說，並沒有歧視女性的意思。今天真是邪門了，我怎麼又說錯話了。」

談紅卻仍不依不饒，說：「根本就是你在潛意識中看不起女人，女人怎麼了，現在女性的領導人可是越來越多了，像柴契爾夫人、甘地夫人……」

傅華說：「對不起，我為我無意中對你的傷害誠摯的向你道歉。」

談紅不放過傅華，說：「那不行，我還是要糾正你這種歧視女性的觀點。」

傅華告饒說：「好啦，我幫你說了，自古至今女英雄太多了，古有花木蘭，今有我們的談紅經理。談英雄，放過我一馬好不好？」

談紅被逗笑了，說：「這還差不多，不過，就這麼放過你，似乎太便宜你了。」

傅華說：「那談英雄想要怎麼樣呢？」

談紅笑笑說：「這樣吧，你請我吃頓好的，撫慰一下我受傷的心靈，我就當沒這回事了。」

傅華說：「這容易，本來你今天給我們找了這麼個優質的公司來，我就想好好請一下談經理，說吧，想吃什麼？」

談紅想了想，說：「我點了地方，你可別說我宰你！」

傅華笑說：「沒事，我已經做好了挨宰的心理準備啦，說吧，想吃什麼？」

談紅便說：「香格里拉酒店『藍韻吧』的藍龍蝦還不錯。」

香格里拉酒店的「藍韻吧」可是北京頂級的餐廳之一，談紅說要去那裏吃，這一刀可是宰得不輕，傅華做出了一副心痛的樣子，說：「談經理，你這刀可是夠鋒利的。」

談紅說：「不鋒利我覺得不解恨。」

傅華笑笑說：「行，今天就聽你安排。」

談紅看了看時間，已經臨近中午，就說：「那還等什麼，我們走吧。」

傅華便站了起來，說：「那就走。」

恰在這個時候，傅華的手機響了起來，拿起來一看，是一個陌生的號碼，也不知道是誰，便對談紅說「我先接個電話」，接通了。

「你好，我是傅華，請問你是哪位？」傅華問。

一個陌生的男人聲音說：「你好，我是王龍。」

傅華呆了一下，他腦海中對這個王龍一點印象都沒有，便說：「不好意思，我們認識嗎？」

男人說：「我們見過的，天萌酒吧，我臉上有一塊刀疤，還記得嗎？」

傅華心中一震，竟然是小田的朋友刀疤臉，這傢伙總算打電話來了。

傅華連忙說：「記得，當然記得，我只是不知道你的名字而已。」

男人說：「你現在方便說話嗎？」

傅華看了看談紅，這件事情還真是不適合在她面前談，便說：「不太方便，你等一下，過幾分鐘我打給你。你這個號碼可以打得通吧？」

王龍說：「可以的，那我等你的電話。」

傅華掛了電話，抱歉的看了看談紅，說：「談經理，我有點要緊的事情，今天只好先這樣了。改天我再來專程邀請，好不好？」

談紅無所謂地說：「你有事情就去忙吧，本來就是一場玩笑的。」

傅華說：「我應該謝謝你的，改天我打電話跟你再約時間吧。我走了。」

傅華就匆忙離開了頂峰證券，上了自己的車後，傅華撥通了王龍的電話，說：「你在哪裡，我們見面談吧。」

王龍說：「那可不行，小田為什麼出事你不是不知道，我不曉得有沒有人在盯著我，如果我跟你見面，出事了怎麼辦？」

傅華說：「那你找我是什麼意思？」

王龍說：「你不是讓我找找小田有沒有留下什麼東西來嗎？出事那幾天小田就住在我家，留了不少東西下來，我找了一下，還真有你說的那個什麼光碟。」

聽說真有光碟，傅華緊張了起來，這個光碟是很關鍵的證據，他害怕再次失之交臂。

便著急地說：「那王先生，你能不能將這個光碟交給我呢，這裏面有很重要的東西，我很需要它。」

王龍說：「你先別急，我記得你曾經說過，你願意用錢將光碟買回去，你準備花多少錢啊？」

傅華對此並不感到意外，王龍這種人會跟自己打交道，也就是為了錢。他問：「王先生，你覺得多少錢合適？」

王龍想了想，說：「十萬塊，你給我十萬，我就把光碟給你。」

傅華覺得十萬並不算很多，如果能夠幫吳雯報仇，十萬花得也是值得的，但是前提是光碟要是真的，不能被王龍給矇騙了。

傅華說：「十萬塊不是不可以，只要那張光碟真是我想要的，王先生，你看過光碟嗎？」

王龍笑了，說：「傅主任，看來你是怕我騙你啊，放心吧，我看過光碟的內容，裏面是一個女人和一個官員之間的一些生活片段，我這麼說，你應該明白我是指什麼了吧？」

傅華聽王龍大致說出了吳雯所錄視頻的內容，就相信了，說：「我明白，好吧，你說我們要怎麼樣交易？」

王龍說：「你先把錢準備好，回頭我會跟你聯繫的。」

傅華說：「王先生，我希望能儘快完成這筆交易，你明白嗎？」

「我明白，我也想儘快拿到錢，你放心吧，你就把錢準備好，我會儘快聯繫你的。」王龍說。

傅華有些無可奈何，只好說：「好吧，我等你的電話。」

王龍掛了電話，傅華就去銀行提了十萬塊出來放在車上，以便隨時都能跟王龍交易。

接下來的幾天，傅華都沒安排什麼工作，他把跟王龍的交易當做重中之重，想要王龍一打電話來就趕緊跟他完成交易。

然而，傅華急，那個王龍卻不急，接連幾天都沒有消息。傅華開始焦躁不安起來，他嘗試打電話給王龍，電話卻打不通，對方始終是關機狀態，他便有些擔心這個王龍是不是被劉康發現，也像小田一樣，被劉康給滅口了。

焦躁的過了一個禮拜，傅華都有些後悔當時沒有直接衝過去跟王龍交易了，王龍的電話終於打來了。

王龍打來的時間已近午夜，傅華都已經睡了，王龍在電話中只說去天萌酒吧見面。傅華匆忙爬了起來，穿好衣服，就要去天萌酒吧。

趙婷被驚醒了，睡眼朦朧的問道：「老公，這麼晚你要去哪裡啊？」

傅華說：「我有點急事，你睡吧，我一會兒就回來。」

趙婷說：「這麼晚還能有什麼事情啊？」

傅華自然不能說他在繼續調查吳雯的命案，只好說：「是一個朋友出了點事，要我去救急，你先睡吧。」

趙婷這才倒頭又去睡了，傅華連忙出門，上了車就直奔天萌酒吧。

到了天萌酒吧，遠遠就看到了王龍的刀疤臉，傅華趕了過去。

王龍見到傅華，說：「錢帶來了嗎？」

傅華說：「你說的光碟呢？」

王龍拿出一張光碟，在傅華面前晃了晃，說：「光碟在這兒，錢呢？」

傅華說：「錢在我車上。」

王龍有點惱火的看了看傅華，說：「姓傅的，為什麼不把錢帶過來？你想跟我玩花樣？」

傅華笑笑說：「我總不能隨便就相信你拿來的光碟就是我要的光碟吧，錢我都準備好了，只要驗明光碟就是我要的那張，我馬上付錢。」

王龍看了傅華一眼，便說：「你說要驗，怎麼驗啊？」

傅華說：「我車上有筆電，我們到我車上去驗吧？」

王龍又看了看傅華，說：「姓傅的，我跟你說，我王龍也是道上混的，你如果敢跟我玩花樣，我可不會放過你的。」

傅華笑笑說：「放心吧，只要你的光碟沒問題，我馬上付錢。」

王龍就跟著傅華出了酒吧，上了傅華的車，他前後左右看了一下，確信沒有什麼埋伏，這才對傅華說：「你先讓我看看你帶來的錢。」

傅華把十萬塊拿了出來，在王龍面前晃了晃，說：「錢就在這裏，光碟呢？」

王龍就把光碟交到傅華手裏，說：「你驗吧。」

傅華拿過放在車上的筆電，把光碟放進去點開，沒想到放出來的竟然是一個歌手的唱片。

傅華愣了一下，抬頭去看王龍，這才看到王龍拿出一把匕首來，一下子比到了傅華的脖子上，滿臉猙獰的說：「對不起了，傅主任，我最近手頭緊得很，你是自己送上門來的，所以就別怪我了。」

傅華知道自己被騙了，氣得叫道：「幹什麼，你想搶劫啊？」

王龍惡狠狠地說：「傅主任，你最好識相一點，我今天只是求財，可不想奪命，你如果叫喊著驚動了別人，我這把刀可是不長眼的。」

說著，王龍的刀逼緊了傅華的脖子，傅華只覺得脖子涼森森的，好漢不吃眼前虧，就不再喊了。

王龍伸手把十萬塊拿了過去，獰笑著說：「這錢我就收下了，謝謝傅主任啦。我跟你說，不准報警啊，我王龍是一個亡命徒，光棍一條，你如果報警，我會殺了你全家的。」

傅華被人把刀架在脖子上，什麼都做不了，只能生氣地瞪著王龍。

王龍開了車門，下了車，帶著錢轉瞬間就消失在夜幕中了。

傅華這個氣啊，不但小田的光碟沒拿到，還被騙了十萬塊，他狠狠的用雙手砸了一下方向盤，罵道：「我怎麼這麼笨呢。」

重點是錢被騙了是小事，王龍跟自己玩這一手，顯見他手裏並沒有什麼小田留下來的光碟，那就是說小田這邊的線索斷了，這對傅華來說，就意味著無法再追查下去了。

傅華嘆了口氣，說：「吳雯，真是對不起，我真是太無能了，一點小事都辦不好，只能眼睜睜看著劉康這個王八蛋逍遙法外，我真恨啊。」

此刻傅華的心情鬱悶到了極點，他頹然地坐在車內，好半天都不想動，也不想回家。他已經完全沒有了主意，下一步該怎麼做，心中根本無底。

不知道過了多久，馬路上清潔工已經開始出來清掃街道了，傅華這才發動了車子，滿心沮喪的回了家。

請續看《官商鬥法》十二　見獵心喜

官商鬥法 十一 生死關頭

作者：姜遠方
發行人：陳曉林
出版所：風雲時代出版股份有限公司
地址：105台北市民生東路五段178號7樓之3
風雲書網：http://www.eastbooks.com.tw
官方部落格：http://eastbooks.pixnet.net/blog
Facebook：http://www.facebook.com/h7560949
信箱：h7560949@ms15.hinet.net
郵撥帳號：12043291
服務專線：(02)27560949
傳真專線：(02)27653799
執行主編：朱墨菲
美術編輯：風雲時代編輯小組

法律顧問：永然法律事務所 李永然律師
北辰著作權事務所 蕭雄淋律師

版權授權：蔡雷平
初版日期：2015年10月
初版二刷：2015年10月20日
ISBN：978-986-352-231-7

總經銷：成信文化事業股份有限公司
地　址：新北市新店區中正路四維巷二弄2號4樓
電　話：(02)2219-2080

行政院新聞局局版台業字第3595號 營利事業統一編號22759935

定價：280元　特惠價：199元

國家圖書館出版品預行編目資料

官商鬥法 / 姜遠方 著. -- 初版. -- 臺北市：
風雲時代，2015.01 -- 冊；公分

ISBN 978-986-352-231-7（第11冊；平裝）

857.7　　104011822